문학과지성 시인선 346

슬픔이 없는 십오 초

심보선 시집

문학과지성사

문학과지성사에서 펴낸 심보선의 시집

눈앞에 없는 사람(2011)
오늘은 잘 모르겠어(2017)

문학과지성 시인선 346
슬픔이 없는 십오 초

초판 1쇄 발행 2008년 4월 18일
초판 34쇄 발행 2024년 6월 26일

지 은 이 심보선
펴 낸 이 이광호
펴 낸 곳 ㈜문학과지성사
등록번호 제1993-000098호
주   소 04034 서울 마포구 잔다리로7길 18(서교동 377-20)
전   화 02)338-7224
팩   스 02)323-4180(편집) 02)338-7221(영업)
전자우편 moonji@moonji.com
홈페이지 www.moonji.com

ISBN 978-89-320-1850-8 03810

문학과지성 시인선 346

슬픔이 없는 십오 초

심보선

2008

시인의 말

분열하고 명멸해왔다.
앞으로도 그러하리라.

2008년 봄
심보선

슬픔이 없는 십오 초

차례

시인의 말

제1부

제3부

이 시집을 어머니와 고모님께 바친다.

제1부

슬픔의 진화

내 언어에는 세계가 빠져 있다
그것을 나는 어젯밤 깨달았다
내 방에는 조용한 책상이 장기 투숙하고 있다

세계여!
영원한 악천후여!
나에게 벼락같은 모서리를 선사해다오!

설탕이 없었다면
개미는 좀더 커다란 것으로 진화했겠지
이것이 내가 밤새 고심 끝에 완성한 문장이었다

(그러고는 긴 침묵)

나는 하염없이 뚱뚱해져간다
모서리를 잃어버린 책상처럼

이 세계 곳곳에서 사람들이 울고 있다!

심지어 그 독하다는 전갈자리 여자조차!

그러나 나는 더 이상 슬픔에 대해 아는 바 없다
공에게 모서리를 선사한들 책상이 될 리 없듯이

그렇다면 이제
인간은 어떤 종류의 가구로 진화할 것인가?
이것이 내가 밤새 고심 끝에 완성한 질문이었다

(그러고는 영원한 침묵)

식후에 이별하다

하나의 이야기를 마무리했으니
이제 이별이다 그대여
고요한 풍경이 싫어졌다
아무리 휘저어도 끝내 제자리로 돌아오는
이를테면 수저 자국이 서서히 사라지는 흰죽 같
은 것
그런 것들은 도무지 재미가 없다

거리는 식당 메뉴가 펼쳐졌다 접히듯 간결하게 낮
밤을 바꾼다
나는 저기 번져오는 어둠 속으로 사라질테니
그대는 남아 있는 환함 쪽으로 등 돌리고
열까지 세라
열까지 세고 뒤돌아보면
나를 집어 삼킨 어둠의 잇몸
그대 유순한 광대뼈에 물컹 만져지리라

착한 그대여

내가 그대 심장을 정확히 겨누어 쏜 총알을
잘 익은 밥알로 잘도 받아먹는 그대여
선한 천성(天性)의 소리가 있다면
그것은 이를테면
내가 죽 한 그릇 뚝딱 비울 때까지 나를 바라보며
그대가 속으로 천천히 열까지 세는 소리
안 들려도 잘 들리는 소리
기어이 들리고야 마는 소리
단단한 이마를 뚫고 맘속의 독한 죽을 휘젓는 소리

사랑이란 그런 것이다
먹다 만 흰죽이 밥이 되고 밥은 도로 쌀이 되어
하루하루가 풍년인데
일 년 내내 허기 가시지 않는
이상한 나라에 이상한 기근 같은 것이다
우리의 오랜 기담(奇談)은 이제 여기서 끝이 난다

착한 그대여
착한 그대여

아직도 그쪽의 풍경은 환한가
열을 셀 때까지 기어이 환한가
천 만 억을 세어도 나의 폐허는 빛나지 않는데
그 질퍽한 어둠의 죽을 게워낼 줄 모르는데

오늘 나는

오늘 나는 흔들리는 깃털처럼 목적이 없다
오늘 나는 이미 사라진 것들 뒤에 숨어 있다
태양이 오전의 다감함을 잃고
노을의 적자색 위엄 속에서 눈을 부릅뜬다
달이 저녁의 지위를 머리에 눌러 쓰면 어느
행인의 애절한 표정으로부터 밤이 곧 시작될 것
이다
내가 무관심했던 새들의 검은 주검
이마에 하나 둘 그어지는 잿빛 선분들
이웃의 늦은 망치질 소리
그 밖의 이런저런 것들
규칙과 감정 모두에 절박한 나
지난 시절을 잊었고
죽은 친구들을 잊었고
작년에 어떤 번민에 젖었는지 잊었다
오늘 나는 달력 위에 미래라는 구멍을 낸다
다음 주의 욕망
다음 달의 무(無)

그리고 어떤 결정적인

구토의 연도

내 몫의 비극이 남아 있음을 안다

누구에게나 증오할 자격이 있음을 안다

오늘 나는 누군가의 애절한 얼굴을 노려보고 있
었다

오늘 나는 한 여자를 사랑하게 됐다

아주 잠깐 빛나는 폐허

전날 벗어놓은 바지를 바라보듯
생에 대하여 미련이 없다
이제 와서 먼 길을 떠나려 한다면
질투가 심한 심장은 일찍이 버려야 했다
태양을 노려보며 사각형을 선호한다 말했다
그 외의 형태들은 모두 슬프다 말했다
버드나무 그림자가 태양을 고심한다는 듯
잿빛 담벼에 줄줄이 드리워졌다 밤이 오면
고대 종교처럼 그녀가 나타났다 곧 사라졌다
사랑을 나눈 침대 위에 몇 가닥 체모들
적절한 비유를 찾지 못하는 사물들 간혹
비극을 떠올리면 정말 비극이 눈앞에 펼쳐졌다
꽃말의 뜻을 꽃이 알 리 없으나
봉오리마다 비애가 그득했다
그때 생은 거짓말투성이었는데
우주를 스쳐 지나는 하나의 진리가
어둠의 몸과 달의 입을 빌려
서편 하늘을 뒤덮기도 하였다

그때 하늘 아래 벗은 바지 모양

누추하게 구겨진 생은

아주 잠깐 빛나는 폐허였다

장대하고 거룩했다

슬픔이 없는 십오 초

아득한 고층 아파트 위
태양이 가슴을 쥐어뜯으며
낮달 옆에서 어찌할 바를 모른다
치욕에 관한 한 세상은 멸망한 지 오래다
가끔 슬픔 없이 십오 초 정도가 지난다
가능한 모든 변명들을 대면서
길들이 사방에서 휘고 있다
그림자 거뭇한 길가에 쌓이는 침묵
거기서 초 단위로 조용히 늙고 싶다
늙어가는 모든 존재는 비가 샌다
비가 새는 모든 늙은 존재들이
새 지붕을 얹듯 사랑을 꿈꾼다
누구나 잘 안다 이렇게 된 것은
이렇게 될 수밖에 없었던 것이다
태양이 온 힘을 다해 빛을 쥐어짜내는 오후
과거가 뒷걸음질 치다 아파트 난간 아래로
떨어진다 미래도 곧이어 그 뒤를 따른다
현재는 다만 꽃의 나날 꽃의 나날은

꽃이 피고 지는 시간이어서 슬프다
고양이가 꽃잎을 냠냠 뜯어먹고 있다
여자가 카모밀 차를 홀짝거리고 있다
고요하고 평화로운 듯도 하다
나는 길 가운데 우두커니 서 있다
남자가 울면서 자전거를 타고 지나간다
궁극적으로 넘어질 운명의 인간이다
현기증이 만발하는 머릿속 꿈 동산
이제 막 슬픔 없이 십오 초 정도가 지났다
어디로든 발걸음을 옮겨야 하겠으나
어디로든 끝간에는 사라지는 길이다

Rubber Soul

목을 흔들며 태양이
이곳까지 왔다, 남자들은
애인들의 긴 머리카락을
털어내며 문밖으로 나선다
햇살을 접착제처럼 온몸에 바르며
그들은 어딘가 붙어 있을 만한 곳으로

향한다, 어느 겨울날 아침이다
그들의 그림자가
한 번 입고 버린 외투 같다

그들은 걸을 때
가슴 한편이 우그러지는 소리를 낸다
입술 위엔 여태 마지막 축배의
거품이 남아 있다, 애인과의
입맞춤이 지금도 달콤한 것은
그 탓이다, 그들은 우그러진
맥주 캔 같은 추억을 가졌다

그들이 떠난 자리에
수많은 머리카락들이
올올이 뭉쳐 바람에 뒹군다
애인들의 방 바람막이 창이
우--웅 떨고 있다
어느 겨울날 아침이다

떠난 남자들의 애인들이
가장 낮은 음역에서
속옷을 갈아입고 있다

* Rubber Soul: The Beatles의 음반 제목.

나를 환멸로 이끄는 것들

태양

오른쪽

레몬 향기

상념 없는 산책

죽은 개 옆에 산 개

노루귀 꽃이 빠진 식물도감

종교 서적의 마지막 문장

느린 화면 속의 죽음

예술가의 박식함

불계(不計)패

변덕쟁이들

회고전들

인용과 각주

어제의 통화 내용

부르주아 대가족

불어의 R 발음

모교의 정문

옛 애인들(가나다 순)

컨설턴트의 고객 개념

칸트의 물(物) 자체

물 자체라는 말 자체

라벤더 향기

아래쪽

토성

피할 수 없는 길

이 길은 어제도 지나갔던 길이다
이 길 위에서 사람들은
오직 한 사람과만 마주칠 수 있다
수치심 때문에
그는 양쪽 귀를 잡아당겨 얼굴을 덮어놓는다
그러나 이 길 위에서
말해질 수 없는 일이란 없다
그는 하루 종일 엎드려 있다
수치심을 지우기 위해
손바닥과 얼굴을 바꿔놓는다
그러나 왜 말해질 수 없는 일은
말해야 하는 일과 무관한가, 왜
규칙은 사건화되지 않는가
이 길은 쉽게 기억된다
가로수들은 단 한 번 만에
나뭇잎을 떨구는 데 성공한다
수치심을 잊기 위해

그는 가끔 노래도 하고
박수도 친다
말은 절대로 하지 않는다
아무도 그에게 인사를 건넬 수 없다

풍경

1

비가 갠 거리, ××공업사의 간판 귀퉁이로 빗방울
들이 모였다가 떨어져 고이고 있다. 오후의 정적은
작업복 주머니 모양 깊고 허름하다. 이윽고 고인 물
은 세상의 끝자락들을 용케 잡아당겨서 담가놓는다.
그러다가 지나는 양복신사의 가죽구두 위로 옮겨간
다. 머신유만 남기고 재빠르게 빌붙는다. 아이들은
땅바닥에 엉긴 기름을 보고 무지개라며 손가락으로
휘젓는다. 일주일이 지나도 지워지지 않는 지독한 무
지개다…… 것도 일종의 특허인지 모른다.

2

길 건너 약국에서 습진과 무좀이 통성명을 한다.
그들은 다 쓴 연고를 쥐어짜내듯이 겨우 팔을 뻗어
악수를 만든다. 전 얼마 전 요 앞으로 이사 왔습죠.

예, 전 이 동네 20년 토박이입죠. 약국 밖으로 둘은 동시에 털처럼 삐져나온다. 이렇게 가까운 데 사는구만요. 가끔 엉켜보자구요, 흐흐흐. 인사를 받으면 반드시 웃음을 거슬러 주는 것이 이웃 간의 정리이다. 밤이 오면, 거리는 번지르르하게 윤나는 절지동물의 다리가 된다. 처방전만 하게 불 켜지는 창문들.

3

마주 보고 있는 불빛들은 어떤 악의도 서로 품지 않는다. 오히려 여인네들은 간혹 전화로 자기네들의 천진한 권태기를 확인한다. 가장들은 여태 귀가하지 않았다. 초점 없는 눈동자마냥 그녀들은 불안하다. 기다림의 부피란 언제나 일정하다. 이쪽이 체념으로 눌리면 저쪽에선 그만큼 꿈으로 부푼다. 거리는 한쪽 발을 들어 자정으로 무겁게 옮아간다. 가장들이 서류철처럼 접혀 귀가하고 있다.

장 보러 가는 길

순종 세인트버나드 한 마리
주인을 기다리며 슈퍼마켓 입구에 앉아 있다
꿈쩍도 않고 오랫동안
누구와도 눈 한번 마주치지 않고
알프스는 오래전에 잊었다는 듯이

마늘 베이글 하나 들고
수북한 털 속 견고한 몸 부피를 가늠하며
나도 그 앞에 한참을 서 있다
한 줄기 미풍이 전해주는 마늘 향
씰룩이는 젖은 코가 그의 윤색한 건강을 말해준다

씰룩, 아내가 종이 위에 적어준 장거리들처럼
인생의 세목들이 평화롭고 단순했으면 좋겠다
씰룩, 장 보기 직전의 다짐
— 가장 질 좋은 고기를 고르리라 —
은 비록 찰나지만 느껍기까지 하다

마침내 서서히 고개를 돌려

나를 쳐다보는 세인트버나드

그의 입가에 고이는 무심한 침이 투명하다

너 멋지다, 쿠울하다

볕 좋은 이른 봄인데

그에게 구조당하고 싶어 폭설 내리는

내 마음의 알프스

장 보기는 오래전에 잊었다는 듯이

아내의 마술

아내가 슬프고
슬픈 아내를 보고 있는 내가 슬프고
그때 온 장모님 전화 받으며, 그러엄 우린 잘 지내
지, 하는
아내 속의 아내는 더 슬프다

마술처럼 완벽한 세상에서 살고 싶다
모자에서 나온 토끼가
모자 속으로 자청해서 돌아간다
내가 거울 속으로 들어가려 하면
딱딱한 면은 왜 나를 막는가

엄마가 아이를 버리고
직업이 아비를 버리고
병이 아픈 자를 버리고
마술사도 결국 토끼를 버리고

매정한 집이, 너 나가, 하며 문밖에 길을 쏟아버리자

미망(迷妄)이 그 길을 받아 품에 한번 꼭 안았다가
바로 버린다

온 세상을 슬픔으로 물들게 하려고
우는 아내가 식탁 모서리를 오래오래 쓰다듬고 있다
처음 보는 신기한 마술이다

엘리베이터 안에서의 도덕적이고 미적인 명상

내 육체 속에서는 무언가 가끔씩 덜그럭거리는데
그것은 가끔씩 덜그럭거리는 무언가가 내 육체 속에 있음을 상기시킨다

욕조 속에 몸 담그고 장모님이 한국에서 보내온 황지우의 시집을 다 읽었다
시집 속지에는 "모국어를 그리워하고 있을 시인 사위에게"라고 씌어 있었다
(장모님이 나를 꽤나 진지한 태도의 시인으로 오해하는 것이 사실은 부담스럽다)
문득 무중력 상태에서 시를 읽는 기분이 어떨까, 궁금해져
욕조 물속에 시집을 넣고 한 장 한 장 넘겨보았다
그렇게 스무드할 수 없었다
어떤 시구들은 뽀골뽀골 물거품으로 올라와 수면 위에서 지독한 냄새를 터뜨리기도 했다

욕조에서 나와 목욕 가운을 걸치며 나는 생각했다

정말 이 안에 아무것도 안 입어도 되는 것일까?

도덕적으로 그리고 미적으로 그래도 되는 것일까? 그러나

현 자본주의의 존재는 정당화될 수 있는가?

라는 질문에 대한 답을 나는 오랫동안 미루어왔다, 아니, 사실은

그런 질문을 애초에 던지기라도 한 것인가?

머리를 드라이어로 말리고 있는데

사회운동가인 맥에게서 전화가 왔다

그는 마찬가지로 사회운동가인 애인 레슬리 집에서 동거 중이다

오늘 밤에 자기네 집에서 식사나 같이 하자는 것이었다

(그가 나를 한국에서 온 좌파 급진주의자로 오해하는 것이 사실은 부담스럽다)

네 시인데 방 안은 벌써 어둑어둑해지고 있었다

주관적 조건과 객관적 조건이 맞아떨어질 때, 혁명

이 일어나듯이

　블라인드의 각도를 태양 빛의 입사각에 정확하게
맞출 때

　이 방은 제일 밝다, 그러나 그런 일은

　나같이 게으른 인간에게는 거의 일어나지 않는다

　대학 다닐 때, 데모 한번 한 적 없는 아내는 의외
로 나의 좌파 친구들과 잘 어울린다

　심지어는 오늘 또 다른 사회운동가 아라파트도 오
는 거냐고 묻기까지 했다

　(그러고 보니 아내는 지난 대선 때 민중 후보를 찍었다)

　지난번 우리 집에서 「위 샐 오버컴」을 다 함께 합
창할 때도

　아내는 옆에서 녹차를 따르며 잠자코 웃기만 했다

　아내는 그러나 이혼을 의식화시키는 결혼이라는
제도 속에서

　그럴듯한 열매 한번 못 맺은 나쁜 품종의 식물, 나
를 가꾸며 삼 년 동안 잘 버텨왔다

문득 고마운 마음이 들어 컴퓨터 앞에 앉아 있는 아내에게 다가가 목욕 가운을 활짝 펼쳐 보이고 싶었으나

나는 그런 짓이 도덕적으로나 미적으로 용납이 될 수 있을지 확신이 서지 않았다

의자에서 일어나 블라인드의 각도를 고치며 아내는 투덜거렸다

더 밝은 곳으로 이사 가고 싶어

하지만 집세를 생각해야 할 것 아냐, 그리고 당신, 내가 한 질문에 먼저 대답이나 하란 말이야!

그러나 내가 어떤 질문을 아내에게 한 것인가? 질문을 과연 하기나 한 것인가?

를 난 기억할 수 없었다. 기억하려 애쓰는 동안

태양 빛이 블라인드의 각도를 심각한 수준 이상으로 초월하였으므로

방은 속수무책 어두워져갔고 이내 모든 것이 암흑 속에 잠겨버렸다

암흑 속에서 무언가 가끔씩 덜그럭거리는 소리가
들렸는데
　그것은 가끔씩 덜그럭거리는 무언가가 암흑 속에
서 움직이고 있음을 상기시켰다

　내가 깨어난 것은 놀랍게도 깜박이는 불이
　2 → 1로 진행 중인 엘리베이터 안이었다
　레슬리 집에 와인이라도 한 병 사 가야 되는 것 아
니냐, 도대체
　무슨 생각에 그리 깊이 빠져 있는 것이냐고 묻는
옆의 아내가 오늘따라 무척 예쁘게 보였다, 그때
　엘리베이터 문이 목욕 가운 펼쳐지듯 활짝 열려,
또 다른 세계로 통하는 길을

빵, 외투, 심장

공원 벤치 위에 남자들이 나란히 앉아 있다
상냥해 보이지는 않는다
악마와의 마지막 거래라도 궁리한다는 듯
눈에는 붉은 기운이 완연하다
머리 위로 하늘의 푸름을 완연히 부정하며
먹구름 떼가 지나간다
그들의 어두운 외투 안에는
어두운 빵과 어두운 심장이 담겨 있다
빵과 심장은 무엇이 닮았는가
오래될수록 까맣고 딱딱해진다는 점
그러나 누가 아는가
그들에게도 재미나는 사연 하나쯤 있을지
이를테면 딸아이가 연루된 주먹다짐이나
소풍에 얽힌 유쾌한 에피소드 같은
비둘기들은 주변을 맴돌며
그들의 외투에서 빵가루처럼 떨어지는
후회나 낙심 따위를 노리고 있다
비둘기들이 비유를 알 리 없지 않은가

그들은 입도 벙긋 않고
흑백영화에 흔히 등장하는 자세로 앉아 있다
눈앞의 허공에 The End라는 자막이 둥실
떠올라도 이상하지 않겠다
먹구름은 속도가 빠르다
저녁 배급을 기다리는 실업자들처럼
붉은 얼굴로 서편 하늘에 우르르 몰려간다
그들은 닮았지만 서로 말을 걸지 않는다
각자 자기만의 궁리에 몰두해 있다
그러나 누가 아는가
밤이 오면 둘도 없는 친구가 되어
어깨를 두르고 술잔을 주고받을지
그러나 지금은 어두운 침묵의 시간
난해한 미래의 독법을 궁리하는 시간
비둘기들은 아직도 비유를 모르고
포기를 몰라 끝도 없이 주변을 맴돈다
그들이 앉은 벤치로부터 공원 전체로
미지의 그늘이 번져가고 있다

말 그대로 미지의 그늘이다
태양이 하늘 한가운데 둥실
떠 있는 The End

착각

구름이 내게 모호함을 가르치고 떠났다
가난과 허기가 정말 그런 뜻이었나?
나는 불만 세력으로부터 서둘러 빠져나온다
그러나 그대들은 나의 영원한 동지로 남으리
우리가 설령 다른 색깔의 눈물을 흘린다 한들
굳게 깍지 꼈던 두 손이 침착하게 풀린다
좋은 징조일까?
그러나 기원을 애원으로 바꾸진 말자
붙잡고 싶은 바짓가랑이들일랑 모두 불태우자
깃발, 조국, 사창가, 유년의 골목길
내가 믿었던 혁명은 결코 오지 않으리
차라리 모호한 휴일의 일기예보를 믿겠네
지나가던 여우가 어깨를 다독여주며 말한다
하지만 다시 생각해봐
그 모든 것들로부터 멀리 있는
너 또한 하찮아지지 않겠니?
지금은 원근을 무시하고 지천으로 꽃 피는 봄날
그렇구나, 저 멀리 까마득한데

벚꽃은 눈 시리게 아름답구나

여우야, 나는 이제 지식을 버리고

뚜렷한 흥분과 우울을 취하련다

하지만 다시 생각해봐

저 꽃은 네가 벚꽃이라 믿었던 그 슬픈 꽃일까?

알 수 없다, 알 수 없다는 것은

알 수 없다는 것 이상도 이하도 아니다

지나가던 여우는 지나가버렸다

여기서부터 진실까지는 아득히 멀다

그것이 발정기처럼 뚜렷해질 때까지 나는 가야

한다

가난과 허기는 또 다른 일이고

미망 Bus

노선을 잃었다
버스 노선과 정치적 노선
둘 다

멸망하는 세계가 나보다 명랑하다
휴일과 섹스는 빼고

버스 맨 뒤에 앉아 버스 맨 앞을 노려본다
지금 건너는 다리는 소실점까지 길게 난 흉터 같다
그래서 좋다

차창에 기대 노루잠에 빠진다
치어 떼처럼 망막 위를 헤엄치는 빛의 산란
꿈속에서조차 나는 기적을 행하지 못한다
숨 꾹 참고 강바닥을 걸어 도강(渡江)한다

뒤돌아보면
강물 위를 사뿐사뿐 걸어가는 옛 애인

기적처럼 일어났던 사랑을 잃었다
꿈과 현실
둘 다

같은 고백을 여러 번 통과하며
형형색색 분광하는 생
지루함은 나의 무지개
내 그림자는 빛의 정반대
내 언어는 정반대의 정반대

버스는 갈팡질팡 달린다
그래도 좋다

전락

이제껏 도약을 꿈꿔본 적 없다
다만 사각형의 문들이 나를
공허에서 공허로
평면에서 평면으로 옮겼다
존재가 비존재를 향해
무인 비행선이 하늘에서 지그재그로 추락하듯
느리게 굴러 떨어지고 있다
나는 감정에 충실했고
나쁜 습관은 버렸고
지나친 욕심을 부리지 않았고 어쩌면
키 크고 잘생긴 회계사가 될 수도 있었다
허나 어떤 악덕이 생을 여기까지 끌어내렸나
동요하는 눈동자와 망설이는 입술 때문인가
백 명의 친구와 열 명의 애인 때문인가
나는 모든 예감에 주의를 기울였고
폭설과 폭우는 되도록이면 피했고
언젠가는 좋든 나쁘든
결정적인 사건이 일어나리라 믿었다

허나 빌어먹을 아무런 변화도 생기지 않았고
애수에 빠져 흑백영화를 보다
오오, 저 찬란한 핑크, 핑크! 외쳐댈 뿐
스스로를 견딜 수 없다는 것만큼
견딜 수 없는 일이 있겠는가
그리하여 나는 전락했고
이 순간에도 한없이 전락하고 있다
길 잃은 고양이들이 털을 곤두세우고 쏘다니는
호의가 아무렇지도 않게 흉조로 해석되는
이 복잡하고 냉혹한 거리에서

우리가 소년 소녀였을 때

우리에게 그 어떤 명예가 남았는가
그림자 속의 검은 매듭들 몇 개가 남았는가
기억하는가
우리가 소년 소녀였을 때
주말의 동물원은 문전성시
야광처럼 빛나던 코끼리와
낙타의 더딘 행진과
시간의 빠른 진행
팔 끝에 주먹이라는 결실이 맺히던
뇌성벽력처럼 터지던 잔기침의 시절
우리가 소년 소녀였을 때
곁눈질로 서로의 반쪽을 탐하던
꽃그늘에 연모지정을 절이던
바보,라 부르면
바보,라 화답하던 때
기억하는가
기억한다면
소리 내어 웃어보시게

입천장에 박힌 황금빛 뿔을 쑥 뽑아보시게
그것은 오랜 침묵이 만든 두번째 혀
그러니 잘 아시겠지
그 웃음, 소리는 크지만
냄새는 무척 나쁘다는 걸
우리는 썩은 시간의 아들딸들
우리에겐 그 어떤 명예도 남아 있지 않다
그림자 속의 검은 매듭들 죄다 풀리고야 말았다

웃는다, 웃어야 하기에

1

아버지가 돌아가신 이래
이 집안에 더 이상 거창한 이야기는 없다
다만 푸른 형광등 아래
엄마의 초급영어가 하루하루 늘어갈 뿐

엄마가 내게 묻는다, 네이션이 무슨 뜻이니?
민족이요, 아버지가 무척 좋아하던 단어였죠
그렇구나
또 뭐든 물어보세요
톰 앤드 제리는 고양이와 쥐란 뜻이니?
으하하, 엄마는 나이가 드실수록 농담이 느네요

나는 해석자이다
크게 웃는 장남이다
비극적인 일이 다시 일어난다 해도
어디에도 구원은 없다 해도

나는 정확히 해석하고
마지막에는 반드시 큰 소리로 웃어야 한다

장남으로서, 오직 장남으로서
애절함인지 애통함인지 애틋함인지 모를
이 집안에 만연한 모호한 정념들과
나는 끝까지 싸울 것이다

2

바람이 빠진 아버지의 자전거를 타고 천변을 달릴 때
풍경의 남루한 진실이 조금씩 드러난다
꽃이 피고 지고
눈이 쌓이고 녹는다
그뿐이다
그리고 간혹 얕은 여울에서
윤나는 흰 깃털을 과시하며 날아오르는 해오라기

오래전에 나는 죽은 새를 땅에 묻어준 적이 있다
그 이후로 다친 새들이 툭하면 내 발치로 다가와
쓰러지곤 하였다
지저귐만으로 이루어진 유언들이란 얼마나 귀엽
던지

한쪽 눈이 먼 이름 모를 산새 한 마리
이쪽으로 뒤뚱대며 다가온다
지저귐, 새의 발랄한 언어가 없었다면
그것은 단지 그늘 속에서 맴도는 검은 얼룩이었겠
지만

　　　3

나는 엄마와 가을의 햇빛 속을 거닌다
손바닥을 뒤집으니 손등이 환해지고

따사롭다는 말은 따사롭다는 뜻이고
여생이란 가을, 겨울, 봄, 여름을 몇 번 더 반복한
다는 거다

가을의 햇빛 속에서
다친 새들과 나와의 기이한 인연에 대해 숙고할 때
세상은 말도 안 되게 고요해진다
외로워도 슬퍼도 엄마의 심장은 디덤디덤 뛰겠지만

빌딩 옥상에서 뛰어내린 한 자살자는
몸을 던지는 순간에 점프! 라고 외쳤다고 한다
그의 심장은 멈추기 직전까지
디디덤 디디덤 엇박자로 명랑하게 뛰었겠지만

그늘 속에 버려진 타인의 물건들
그 흔해빠진 손바닥과 손등들
냉기가 뚜렷이 번져가는 여생을 어색하게 견디고
있다

견뎌낼 것이다, 그래야만 하기에

    4

내게 인간과 언어 이외에 의미 있는 처소를 알려
다오
거기 머물며 남아 있는 모든 계절이란 계절을 보낼
테다
그러나 애절하고 애통하고 애틋하여라, 지금으로
서는
내게 주어진 것들만이 전부이구나

아아, 발밑에 검은 얼룩이 오고야 말았다

햇빛 속에서든 그늘 속에서든
나는 웃는다, 웃어야 하기에
지금으로서는

내게 주어진 것들만이 전부이기에
지금으로서는

휴일의 평화

오늘은 휴일입니다
오전에는 평화로웠습니다
조카들은 「톰과 제리」를 보았습니다
남동생 내외는 조용히 웃었습니다
여동생은 연한 커피를 마셨습니다
어머니는 아주 조금만 늙으셨습니다

오늘은 휴일입니다
오후 또한 평화롭습니다
둘째 조카가 큰 아빠는 언제 결혼할 거야
묻는 걸 보니 이제 이혼을 아나봅니다
첫째 조카가 아버지 영정 앞에
말없이 서 있는 걸 보니 이제 죽음을 아나봅니다

오늘은 휴일입니다
저녁 내내 평화롭기를 바랍니다
부재중 전화가 두 건입니다
아름다운 그대를 떠올려봅니다

사랑하는 그대를 떠올려봅니다
문득 창밖의 풍경이 궁금합니다
허공이라면 뛰어내리고 싶고
구름이라면 뛰어오르고 싶습니다

오늘은 휴일입니다
이토록 평화로운 날은
도무지 다시 오지 않을 것 같습니다

둘

두 줄기의 햇빛
두 갈래의 시간
두 편의 꿈
두 번의 돌아봄
두 감정
두 사람
두 단계
두 방향
두 가지 사건만이 있다
하나는 가능성
다른 하나는 무(無)

제2부

노래가 아니었다면

결점 많은 생도 노래의 길 위에선 바람의 흥얼거림
에 유순하게 귀 기울이네 그 어떤 심오한 빗질의 비
결로 노래는 치욕의 내력을 처녀의 댕기머리 풀 듯
그리도 단아하게 펼쳐놓는가 노래가 아니었다면 인
류는 생의 완벽을 꿈도 꾸지 못했으리 강물은 무수한
물결을 제 몸에 가지각색의 문신처럼 새겼다 지우며
바다로 흘러가네 생의 완벽 또한 노래의 선율이 꿈의
기슭에 우연히 남긴 빗살무늬 같은 것 사람은 거기
마음의 결을 잇대어 노래의 장구한 연혁을 구구절절
이어가야 하네 그와 같이 한 시절의 고원을 한 곡조
의 생으로 넘어가야 하네 그리하면 노래는 이녁의 마
지막 어귀에서 어허 어어어 어리넘자 어허허 그대를
따뜻한 만가로 배웅해주리 이 기괴한 불의 나라에서
그 모든 욕망들이 시뻘겋게 달아오르고 새카만 재로
소멸하는 그날까지 불타지 않는 것은 오로지 노래뿐
이라네 정말이지 그러했겠네 노래가 아니었다면 우
리는 생의 완벽을 꿈도 꾸지 못했으리

구름과 안개의 곡예사

구름과 안개에 대해서가 아니라면 나는 별 할 말이 없다

그 둘을 설파할 때 내 몸은 기분 좋은 기괴함에 젖어든다

나는 그것을 하나의 눈부신 곡예로 승화시키고자 했다

어쩌다 등을 뒤로 굽혀 완벽한 원을 만들게 됐냐고 사회자가 물은 적이 있다

싸는 똥을 바로 받아먹고 싶었죠

즉석에서 시범을 보이자 관객들은 박수 치다 말고 토했다

구름과 안개에 골몰하느라 학업과 노동을 작파한 지 오래

내가 펄쩍 뛰었다 착지한 자리엔 음모(陰毛)가 수북이 쌓이곤 한다

내 몸의 중요 부위가 점점 구름과 안개로 화하기 때문일까?

어쨌든 내 행방을 찾으려거든 땅 위에 떨어진 털들을 따라오면 되는 것이다
나는 그저 고독한 아크로바트일 뿐
즐거움과 슬픔만이 나의 도덕
사랑과 고백은 절대 금물
이름이 무엇이고 거처가 어디인지에 대해서는 결단코 침묵이다

간혹 나는 밤거리로 뚜벅뚜벅 걸어 나가 진열장에 비친 내 모습을 바라본다
나 자신이 아득한 심연으로 되비치고
등 뒤의 어둠과 눈앞의 환함이 서로를 환대할 때까지
나는 일생에 걸쳐 가장 가난한 표정으로 거기 오래 서 있는다
그러고는 오묘한 정취에 젖어 달이 뜬 쪽을 향해 물구나무로 걸어가는 것이다
자정의 밤거리는 언제나 취객과 창녀로 북적거린다
내 둥근 몸을 통과한 달빛에 젖은 자들이여

나를 비웃든 경외하든, 그대들의 삶에 다산과 다복
이 넘치기를

　　또 간혹 나는 구름과 안개를 뚫고 달리고 또 달린다
　　구름과 안개가 걷히면 심심해져서 곧장 집으로 돌
아온다
　　구름과 안개가 걷힌 거리는
　　지식 없는 선생이요
　　표정 없는 얼굴이기에
　　구름으로 다듬고 안개로 닦아야만 고독은 아름다
운 자태를 얻는다고 믿는다

　　나는 그저 고독한 아크로바트일 뿐
　　굳이 유파를 들먹이자면
　　마음의 거리에 자우룩한 구름과 안개의 모양을 탐
구하는 '흐린 날씨'파
　　고독이란 자고로 오직 자신에게만 아름다워 보이
는 기괴함이기에

타인들의 칭송과 멸시와 무관심에 연연치 않는다

즐거움과 슬픔만이 나의 도덕

사랑과 고백은 절대 금물

어떻게 살아왔고 어떻게 살아갈 것인지에 대해서
는 결단코 침묵이다

너

너는 내가 이루지 못한 것을 이루었다

너는 나의 실패를 유혹하여 성공으로 이끌었다

너는 예술의 종언과 타락한 언어와 젖은 욕망과 무너지는 세계와 불가능한 미래를 일목요연하게 정리했다

(그것도 단 한 줄의 문장으로!)

그리하여 너는 세계에 대하여 무애자유를 얻었다

그 후 너는 대가족처럼 풍성하게 불어나는 언어도단을 완수했다

너는 유일무이한 시인이요 심장이 큰 소리로 뛰는 가수로서

완벽한 전락을 보여준 다음 더 완벽한 부활을 보여줬다

너는 풍경 속에서 태어나 풍경을 지우고

본질에 이르러 본질을 바꿔버린

전설 속 중국인 마술사의 화신이다

너는 내가 질투하면 슬퍼하고

존경을 표하면 호탕하게 웃어 넘긴다

너는 나를 자주 안아준다

너는 나를 매번 감동시킨다

너는 나를 키운 소문의 진원지

아버지와 어머니가 한 몸인 자웅동체

애인을 닮은 새와 새를 닮은 애인이 합쳐진 반인

반수

그렇다

드디어 때가 왔다

나는 너를 떠난다

너는 내가 아니다

나는 너를 모른다

이제 안녕

어찌할 수 없는 소문

나는 나에 대한 소문이다 죽음이 삶의 귀에 대고
속삭이는 불길한 낱말이다 나는 전전긍긍 살아간다
나의 태도는 칠흑같이 어둡다

오지 않을 것 같은데 매번 오고야 마는 것이 미래
다 미래는 원숭이처럼 아무 데서나 불쑥 나타나 악수
를 권한다 불쾌하기 그지없다 다만 피하고 싶다

오래전 나의 마음을 비켜간 것들 어디 한데 모여
동그랗고 환한 국가를 이루었을 것만 같다 거기서는
산책과 햇볕과 노래와 달빛이 좋은 금실로 맺어져 있
을 것이다 모두들 기린에게서 선사받은 우아한 그림
자를 지니고 있을 것이다 쉽고 투명한 말로만 대화할
것이다 엄살이 유일한 비극적 상황일 것이다

살짝만 눌러도 뻥튀기처럼 파삭 부서질 생의 연약
한 하늘 아래 내가 낳아 먹여주고 키워준 것은 아무
것도 없다 정말 아무것도 없다 이 불쌍한 사물들은

어찌하다 이름을 얻게 됐는가

　그렇다면, 어찌해야 한단 말인가, 이 살아 있음을,
내 귀 언저리를 맴돌며, 웅웅거리며, 끊이지 않는 이
소문을, 도대체, 어찌해야 한단 말인가

아이의 신화

달이 지는 곳에 이상한 신화가 떠돈다. 해가 뜨는 곳에서도 그러하다. 어린아이들이 7일간 세계를 창조하고 갑자기 어른이 되었다는 것이다.

나 그 아이의 하나로서 불안과 슬픔만을 완벽하게 느낀다. 그 모든 불완전성 속을 배회하며 불안과 슬픔만을 완벽하게 중얼거린다. 다른 아이들과 마찬가지로 나는 단순한 호기심이 지고의 이타심과 배려가 되는 세계를 변덕스런 신의 도움으로 다섯 살 때 창조하고 아주 남성적이고 무서운 어른으로서 그 신을 잊으라고 모든 이웃들과 나 자신에게 명령했다. 내 꿈속에 그 신이 간혹 등장해 분노로 일백여덟 개의 이빨을 갈다 다른 사람의 꿈속으로 달려가 행복에 겨운 춤을 춘다. 과연 변덕스런 신이라 할 만하지 않은가. 내 세계의 길은 대부분 미로이다. 오로지 하나의 길만이 미로가 아닌데 그 길은 문자의 길이다. 내 세계 도처에는 미로로 들어가는 입구들이 술집, 식당, 도서관, 학교 등의 입구들로 위장하고 큰 입을 으아아, 벌리고 있다. 그 미로 속에는 반인반수의 괴물들이 바텐더, 주방장, 사서, 교사 등으로 위장하고 큰 입을 으아아, 벌리고 살고 있다. 실제 술집, 식당, 도서관, 학교 등은 책 속에 있고 실제 바텐더, 주방장, 사서, 교사 등은 육십갑자의 고독 속에서 그 책을 읽는 자들이다(이 구태의연한 이분법을 구사하는 나 자신에 대해 나는 이렇게 말한다. 인간으로서는 미숙하며 작가로서는 조야하며 철학가로서는 무지하다. 그러나 창조자로서 "나는 스스로 존재하는 자──I AM WHO I AM"〔출애굽기 3:14〕이니, 그 모든 불완전성이 초래하는 의심과 번민에 구애받지 아니한다).

　내 가슴으로 달이 진다. 내 다리 사이에서 해가 뜬다. 나는 지상에 태어난 자가 아니라 지상을 태우고 남은 자다. 모든 것이 사라지고 남은 최후의 움푹한 것이다. 환한 양각이 아니라 검은 음각이란 말이다. 나의 전기를 쓰기 위해서는 세상의 모든 신화들을 읽은 후 비탄에 젖어 일생을 보내다가 죽은 후 다음 생

에 최고의 전기작가로 태어나야 한다. 그러나 명심하
라. 그 운명을 점지하는 자도 바로 나다.

먼지 혹은 폐허

1

세상은 폐허의 가면을 쓰고 누워 있네. 그 아래는 폐허를 상상하는 심연. 심연에 가닿기 위해, 그대 기꺼이 심연이 되려 하는가. 허나, 명심하라. 그대가 세상을 상상하는 것이 아니라 세상이 그대를 상상한다네. 그대는 세상이 빚어낸 또 하나의 폐허, 또 하나의 가면, 지구적으로 보자면, 그대의 슬픔은 개인적 기후에 불과하다네. 그러니 심연을 닮으려는 불가능성보다는 차라리 심연의 주름과 울림과 빛깔을 닮은 가면의 가능성을 꿈꾸시게.

2

앉아서 돌아가신 아버지.
장롱 속에 숨어 우시는 엄마.
영영 짖지 않는 개.

등뼈 모양으로 시든 나무.
한데 뒤섞어 손안에서 비비면 모래바람이 되는 것들.
까칠까칠한 헛것들.
고개 돌려 외면하니 그제야 매혹이 되는 것들.

   3

   기억의 한편을 꾹 누르면 흐릿한 풍경 하나 폴라로
이드 사진처럼 뽑혀 나오네. 나는 그것이 선명해질
때까지 온 육신을 흔들며 날뛰는 존재.

   운명을 믿고
   구원을 저주하고
   굴욕 직후에 욕망하고
   태양을 노려보며 달빛을 염원하고
   상상의 무반주 랩소디에 맞춰 덩실덩실 춤추다가
   궁극적으로는, 그렇지, 완벽하게, 치명적으로, 넘

어지는

　거지.

　　　4

　이 유형의 사람들은 자신의 정체성을 찾아 평생 나
는 누구이며 나의 삶은 어디로 향해 가는가? 라는 질
문을 한다. 이들은 내향적이고 감정적인 기질로 속으
로 고민을 하다 결론을 내리면 평소와는 다르게 단호
해져서 주변을 당황스럽게 한다. (MBTI 성격유형 분
류에 따른 INFP, 소위 탐구가형에 대한 기술.)

　　　5

　오전의 정적과 오후의 바람 사이에 무엇이 있는가.
불가역의 시간.

꽃이 성급히 피고 나무가 느리게 죽어가는 이유.
뭐, 그렇고 그런, 그러나,
일순 장엄해지는
찰나의 무의미.
혹은
무의미의 찰나.

6

"예측 불가능한 새로운 창조가 우주 내에서 면면히 계속되고 있는 듯하다,는 주제에 다시 한 번 돌아가려 한다. 나로서는 언제나 이 창조를 경험하고 있다고 믿는다. 그러나 내게 일어나는 일을 아무리 상세히 설명하려 해도 소용없다. 발생하는 결과와 비교해볼 때 나의 표현은 얼마나 빈약하고 추상적이고 도식적인가. 그 표현을 실현시켰을 때 이와 함께 예측할 수 없는 무rien가 나타나서 모든 것을 변화시킨다.” (그녀가 어느 날 전화로 읽어준, 앙리 베르그송, 『사유와 운동』의 일부.)

7

그리하여 연금술사는 평생토록 만든 황금들을 백일 안에 죄다 돌로 되돌려야 했네. 밥 먹고 술 마시고 노래 부르고 낮잠 잘 수 있는 단 하루의 평범한 하루를 신에게서 허락받기 위하여. 그 평범한 하루가 그에게는 평생 행한 기적들보다 더 기적적이었기에.

8

내가 원한 것은 단 하나의 완벽한 사랑이었네. 완벽한 인간과 완벽한 경구 따위는 식후의 농담 한마디면 쉽사리 완성되었네. 나와 같은 범부에게도 사랑의

계시가 어느 날 임하여 시(詩)를 살게 하고 폐허를
꿈꾸게 하네.

 (그대는 사랑을 수저처럼 입에 물고 살아가네. 시장
하시거든, 어여, 나를 퍼먹으시게.)

 한생의 사랑을 나와 머문 그대, 이제 가네.
 가는 그대, 다만 내 입술의 은밀한 달싹임을,
 그 입술 너머 엎드려 통곡하는 혀의 구구절절만을
기억해주게.
 오오, 시간을 되돌릴 수만 있다면.
 꽃은 성급히 피고 나무는 느리게 죽어가네.
 천변만화의 계절이 잘게 쪼개져,
 머무를 처소 하나 없이 우주 만역에 흩어지는 먼지
의 나날이 될 때까지
 나는 그대를 기억하리.

9

그리하여 첫번째 먼지가 억겁의 윤회를 거쳐 두번째 먼지로 태어나듯이, 먼지와 먼지 사이에 코끼리와 태산과 바다의 시절이 있다 한들, 소멸 앞에 두렵지 않고 불멸 앞에 당혹지 않은 생은 없으리니.

10

사랑을 잃은 자 다시 사랑을 꿈꾸고, 언어를 잃은 자 다시 언어를 꿈꿀 뿐.

배고픈 아비

죽을 먹고 자란 식물이
빈 밥그릇들을 꽃피우고 있다

생각해보면
나를 망친 것은 식탐뿐이다, 배고픔 때문에
나는 밤마다 손바닥으로
여자의 가슴을 밥그릇 모양 석고 떴다

세상이여, 배고프다
나는 깨지기 직전의 손바닥을 너에게 내민다
세상이여, 이 짓도 이제 마지막이다

태양이 꽃잎들 위에
빛을 죽처럼 쏟아 붓고 있다

아무리 생각해보아도
나를 망친 것은 식탐뿐이다

오오, 내 가엾은 딸아
어서 이리 오렴
너의 빈약한 절벽을 한입에 가려주고 싶구나

내가, 내가 너의 끔찍한 아비란다

나의 댄싱 퀸

이 가짜 가죽소파의 까칠한 감촉을 기억하네
내 손은 그녀의 엉덩이와 소파 사이에
죽은 나비처럼 끼어 있었네 10년 만이네
내 인생이 왜 이렇게 됐을까, 라는 말에
그녀는 내게 사랑에 빠졌네
오랜만이야, 넌 아직도 미쳐 있구나
댄서니까, 댄서에게 미친 건 기본 아니겠어
이해할 수 없는 말에도 쉬이 사랑에 빠지지
나는 뭐라 하지만 내 말은 ABBA의 「댄싱 퀸」
둔중한 소리의 육질 사이에 묻히네
그녀는 정말 미친년처럼 춤추고, 음악은
내가 지퍼를 내리기도 전에 날 휘감고 귓불을 빠네
고막을 뚫고 나의 뇌수에 와닿는 D마이너의 긴 혀
(내 뇌수는 어떤 맛일까)
내 뇌수 위에 떠 있는 부표 하나
외롭니? 라고 물으면
외롭니? 라는 말의 물결에 흔들릴 뿐
부표는 답이 없다네 그렇지

흔들림만이 부표의 존재 이유
그건 그렇고
내 인생이 왜 이렇게 됐을까,라는 말에는
진실은 없네 진실은 원래 어디에도 없네
왜 사람은 사랑에 빠질까
아마도 진실이 없어 죽도록 불안한 탓이리라
스트립 바의 회전조명은 불빛을
두두두두, 총탄처럼 온 사방에 난사하네
"성난 젊은 갱"이라는 갱단에 속한 성난 젊은 갱
에게
두두두두,가 생의 유일한 배경음악이듯
난 음악에 빠져 있네 그녀는
나를 만나 행복한 표정이네
봉을 잡고 활처럼 뒤로 젖힌 허리를 퉁겨
유혹적인 웃음을 관객에게 쏘아 보내고 있네
나비를 닮은 그녀의 춤사위
찢기기 쉬운 것만이 허공을 폴폴 떠다닐 수 있다네
안녕, 잘 살아라, 계속 미쳐 있거나, 말거나,

나는 바에서 나와 음습한 새벽 거리를 걸어 공원 담장을 넘어

내 머릿속 벌판에 도착하네

거기 홀로 서 있는 나무 한 그루

나는 10년 만에 나무와 재회한 정원사

멜빵 바지 입고 정원가위 한 벌 손에 쥐고

감격한 표정으로 나무 앞에 서 있네

나무에게 외롭니?라는 질문을 던진다면 거 우습다네

스트립 댄서에게 외롭니?라는 질문을 던지면 거 우습듯이

필요한 것은 갈아입을 속옷과 팁(그것도 넉넉하게)

사랑은 단지 얄미운 (죽은) 나비일 뿐

내 머릿속의 나무는 뭐가 필요할까?

뭔가 해주고 싶은데

정말이지 뭔가 해주고 싶은데

무슨 말을 건네야 할지 모르겠네

내 머릿속의 나무는 그저 한 그루의 나무로서

하나의 철학적 디스코를 완성해가고 있을 뿐

내 온 일생에 걸쳐 왼쪽 허리 아래에서 오른쪽 허
리 위로

가지 하나를 대각선으로 아주 천천히 추켜올리고
있을 뿐

무슨 말일까? 지상에서 영원으로?

그건 그렇고

내 머릿속 나무는 내가 사랑하는 유일한 존재

내 죽어도 거기 서 있을

나의 카르마

여어어어엉원한

나의

댄싱 퀸

여, 자로 끝나는 시

안녕하세여, 어디 가세여, 나 몰라라 도망가지 말아여, 우리 피시방에서 만났던가여, 아니, 전생이었던 것 같네여, 어떻게 지내셨어여, 전 오늘 좀 슬퍼여, 사실 애인이랑 막 헤어졌어여, 육 개월 동안 밤마다 애무하던 그녀 다리가 의족인 줄 어제서야 알았어여, 뭘여, 제가 나쁜 놈이지여, 저 위 좀 보세여, 저놈의 달은, 누가 자기 자리 뺏어갈까 봐 낮부터 저러고 버티고 있네여, 참 유치하지여, 한 백 년 만인가여, 기억나세여, 당신의 아버지를 어머니라고 부르곤 했지여, 그냥 친근해서여, 전 호부호형 안 해여, 다 어머니라고 해여, 제 삶은 홍길동전과 오이디푸스 신화의 희극적 만남이지여, 도대체 누구냐고여, 몇 생 전이던가여, 우리 어느 심하게 게으른 나라의 국가대표 산책팀 소속이었자나여, 기억 안 나세여, 왜 저보고 사는 게, 납치할 아이 하나 없는 세상의 유괴범처럼 황당하게 외롭다고 그랬자나여, 불어였던가여, 스페인어였던가여, 왜, R 발음에 세상의 모든 부조리를 우겨 넣은 듯한 언어로 말했자나여, 그렇지여, 첫번째 생 다음은 다 후렴구이지여, 그렇지여, 신은 희로애락을 무한의 버전으로 믹싱하는 DJ지여, 그렇지여, 우리 인간은 그 리듬에 맞춰 춤이나 출 따름이지여, 같이 커피나 한 잔 하실래여, 전 크림 안 넣어여, 하얀 게 뭉게뭉게 번져가는 걸 보고 있음 괜히 기분 나빠져여, 뻔한 성적 상상력에 지나친 예민함이라고나 할까여, 누구 기다리세여, 다행이군여, 요새는 뭐 하시나여, 전 요새 시 다시 쓰고 있어여, 사실은 아무 거나 쓰고, 이거 시다, 그러고 있어여, 엊그저께는 이력서에 사진까지 붙이고, 이거 시다, 이거 이력서 아니다, 그랬지여, 취직은 몇 번의 후생에나 가능하다 여겨집니다여, 아, 제가 이상한 놈으로 보이나여, 님의 표정이 불편하다는 의사를 살짝 비춰주시네여, 그러세여, 붙잡지 않겠어여, 커피 값은 제가…… 아, 그래주면 고맙지여, 안녕히 가세여, 시간 뺏어서 죄송합니다여, 다음 생에 볼 수 있음 또 보지, 아님 말지, 여.

천 년 묵은 형이상학자

환상과 지식이 만나면 고통뿐이다
의자 위에서 심하게 훼손된 그의 인생을 보라
천 년 동안 많은 것들이 변했다
별은 두 배로 늘었고 달은 지구와 합쳐졌다
견고한 아름다움을 갈고 닦던 시절은 끝났다
구원을 깔끔히 포장해주던 하얀 손들도 사라졌다
마음은 온통 물컹해지고 뒤죽박죽 섞여
쾌락과 예의와 명철함이 구별되지 않는다
천 년 동안 그는 의자 위에 의자의 의지로 앉아 있다
앞산에는 천 년을 참다 터진 웃음처럼 꽃들이 만발
하다
오래전 그 등산길을 죽은 아내와 거닐었었다
그는 마지막으로 담배 한 대를 태운다
아무려나 상관없다 이제
심장에는 나쁜 피조차 흐르지 않으니
우편배달부는 그를 낡은 인쇄물이라 했고
검시관은 잘린 신체의 일부라 했다
그는 자신이 의자의 유령이 되어간다고 생각한다

그의 몸은 의자로부터 분리되어
미분류 딱지가 붙은 상자로 옮겨져
영원한 어둠 속에서 여생을 보낼 것이다
상자 뚜껑이 닫히기 직전
영원하라, 형이상학이여, 의자에의 의지여!
그가 온 힘을 다해 절규해보지만
아무도 그의 말을 귀담아 듣지 않는다

평범해지는 손

하얀 손 창백한 손
흐린 초점으로 보면
사라지는 은하계 같은 손이
여자의 얼굴을 어루만지고 있다
여자는 소파 위에 반가사유상처럼 앉아 있다
오랜 윤회 끝에 한 천 년 만에
이 자세를 되찾았다는 듯이 누구에게도
이 자세를 빼앗길 수 없다는 듯이
손의 주인이 말을 한다 고마워
너를 만나고 살아야 할 이유가 하나 더 늘었어
남자의 손은 여자의 얼굴에서 피어난 연꽃 같다
여자의 얼굴은 연못처럼 고요하다
둘에서 셋 아니면 셋에서 넷이 되었겠지
그 정도겠지
왠지 이 방의 가구들은 하나하나
이루 말할 수 없는 슬픔을 간직한 듯하다
부처가 방금 걸어 나간 적멸보궁 같다
이제 당신도 그만 나가보지

남자가 문을 열고 나가자

여자는 바로 늙어가기 시작한다

그 자세 그대로

소파 위에서 이별을 반가사유하며

영원히 늙어가겠다는 듯이

남자는 떠났다 다시는 돌아오지 않을 것이다

남자는 사랑을 일용하였으나

생의 터럭 한 올조차 포기한 적 없다

가장 뚜렷한 손금인 줄 알았는데

깊이 파인 흉터이듯이

무엇을 쥐었다 베었던가

생각은 안 나지만

손이 아주 아팠던 기억은 있듯이

그렇게 남자는 여자와의 사랑을 되돌아볼 것이다

숭고한 영감이라 부르든

가혹한 저주라 부르든

사랑을 무어라 부르든

상관이 없었다

그 정도였다

이별하고 나자 남자의 손은 점점 평범해져갔다

환속한 중의 이마가 빛을 잃어가듯이

종교에 관하여

1

세기말을 지나 휘황한 봄날이다
귀를 틀어막은 청소부가 실패한 비유들을 쓸어 담
고 있는데
꽃가루들은 사방에서 속수무책으로 흩날린다
눈물을 획책하고 있는 저 미세한 말씀들, 지금은
알레르기가 종교를 능가하는 시대라서
파멸과 구원이 참으로 용이해졌다

2

소식이라도 한번 주지 그랬니
난 너무 외로워서 아무 병에라도 전염되었으면 하
다가
어제는 느지막이 강변에 나가 놀다 들어왔다
니가 돌려보낸 편지봉투 속에 편지지처럼

잘게 찢긴 달빛들이 물결 위로 흐르고
밤하늘에 빼곡하게 뜬 별자리들
그 하나하나에 일일이 귀의하고 싶더라
너를 잊기 위해 나 그간 여러 번 개종하였다

3

아침에 가출한 탕아가
저녁밥 먹으려고 귀가하고 있다
방랑의 증거로 꽃가루를 온몸에 묻히고
사막에 나가면 눈이 너무 따끔거려요, 아버지
애야, 거긴 사막이 아니라 그냥 공원 놀이터란다
어쨌든 내일 나가면 다시는 돌아오지 않겠어요
필요한 것은 단단한 다짐이 아니라 신용카드 몇 장

4

꽃가루처럼 산산이 부서져 흩날리는 생의 신비여
십자가 위에서 으아, 기지개 피는 낙담한 신성이여
이제 내 몸엔 구석구석마다 가지각색의 영혼들이
깃들어 있다
다들 사소해서 다들 무고하다

최후의 후식

의자에 비스듬히 앉은 자세로 태양이 수평선에 걸쳐 있다

식탁 위에 포도주를 쏟듯이 어둠이 번진다

소멸을 향해 돌진하는 별들이 무섭도록 밝다

우주의 낭하를 거닐던 창조주조차 옆으로 비켜선다

해변의 권태에는 뭔가 음악적인 것이 있다

파도가 파도를 탄주하며 하얗게 부서진다

수평선 너머에는 황혼으로 술을 빚는 주신(酒神)이 산다고 한다

비린내 나는 인간의 식탐을 가득 실은 배들이 근해를 얼쩡거린다

최후의 만찬 때 열두 제자는 음주와 식사를 끝까지 마쳤을까

식욕이 왕성한 베드로를 보고 예수는 울화가 치밀었다

지독하게 쓴맛이 네 혀의 뒷면을 영원토록 지배하리라

나는 모든 미래가 오늘의 치명적 오역이라고 믿는다

이제 곧 후식을 먹을지 말지를 결정해야 한다

검은 바다와 검은 하늘을 가까스로 가르는 수평선 위

의자를 박차고 일어선 유다의 낯빛처럼 창백한 보
름달

한때 황금 전봇대의 生을 질투하였다

시간이 매일 그의 얼굴을
조금씩 구겨놓고 지나간다
이렇게 매일 구겨지다보면
언젠가는 죽음의 밑을 잘 닦을 수 있게 되겠지

크리넥스 티슈처럼, 기막히게 부드러워져서

시간이 매일 그의 눈가에
주름살을 부비트랩처럼 깔아놓고 지나간다
거기 걸려 넘어지면

끔찍하여라, 노을 지는 어떤 초저녁에는

지평선에 머무른 황금 전봇대의 生을
멀리 질투하기도 하였는데

목가풍으로 깊어가는 밤

처량하고 고요한 이 저녁이 지나면
온갖 경구들을 남발하고 싶어지는 밤이 오리라
오오 그중 단 하나라도 진실에 가까울 수 있다면
궁륭의 암흑을 떠도는 뭇별의 시간을 거슬러
달은 인간의 가슴속에 한 번 더 뚜렷이 떠오른다
영원이란
미네르바의 부엉이가 야금야금 찢어 먹는
죽은 쥐새끼 따위가 아니던가
지금 지상의 밤은
노래와 침묵 사이에서 붕붕거리는 밤벌레들
늙은 개를 집으로 부르는 낮은 휘파람 소리
홀로 죽어가는 촌로의 먹은 귓가에 부딪히며
다만 목가풍으로 깊어가고 있다
양 한 마리 양 두 마리 양 세 마리
차례차례 절벽 아래로 밀어버리며 곤한 잠에 빠
진다
어디서 누군가 인간에 대한 이야기를 시작하면
그는 자다가도 눈을 번쩍 뜰 테지만

그것의 바깥

그것의 바깥에선 항상 바람이 분다 한다
종려나무 숲에 안개 자욱하고 그 너머에 바다가
장엄한 바다가 펼쳐진다 한다
그것의 바깥은
들개의 울음소리로 기록된 어두운 문명이라 한다
거기서 인간의 말을 잃어버린 이야기꾼은
자신의 오랜 침묵을 자책하지 않는다 한다
최초의 시간과 악수를 나눈 이래
영원은 손끝이 보이지 않는 기나긴 팔을 갖게 됐다
한다
우리는 매일 밤 습하고 비린 안쪽에 웅크리고
꼽추의 무리처럼 달려오는 미래를 맞이해야 하나니
시간이여 너의 가장 빠른 화살 하나를 건네다오 그
것으로
저 바깥의 허공에 똬리 튼 미지의 한가운데를 적중
시키리니
안쪽이 아닌 바깥에 관해서라면
우리는 한 치의 오류도 없는 명사수

혹은 예언자

그것의 바깥에서

내일의 가장 음험한 꽃들이 지천으로

지천으로 피어날 것이라 한다

불어라 바람아

불어라 바람아, 너는 시대를 초월한 베이비 붐, 먼지의 절망으로부터, 태풍의 혁명까지, 가릴 것 없이 낳는, 너의 오만한 다산성 육체, 그 앞에서 숨 막히는 내 정신의 급체, 비등점까지 처참히 달아오르는 열등감, 사람은 바람의 지경을 꿈꾸고, 바람은 사람의 치욕을 가꾼다, 오거라 바람아, 아주 먼 데서 머리에 검은 띠를 묶고, 장거리주자처럼 달려오거라, 너 없이도 휘날리는 머리칼로, 너 없이도 펄럭이는 깃발로, 너를 맞이하는 날, 생의 오랜 냉가슴은 뜨거운 평안을 안으리, 놀라워라, 광풍이 불어도 한 치의 오류 없이, 제 그림자를 정확히 찾아 앉는 낙엽, 낙엽, 낙엽, 저 야윈 나무들의 하찮은 기적, 기적, 기적, 불어라 바람아, 바람이 불어도, 사람은, 바람 속에서, 불멸을 숭배하는 하루살이의 날갯짓처럼, 사는 것이다, 살아야 하는 것이다, 살지 않으면, 안 되는 것이다

18세기 이후 자연과 나의 관계

　겨울 동안 헐벗었던 산봉우리는 이제 초록색 브래지어를 걸쳤다, 자연이여, 18세기 이후 나는 불행해졌다 나는 내 자지를 노 저어 여기까지 왔다 뒤돌아보면 강물은 여기저기 찢겨 있다, 자연이여, 흘러가는 상처여, 늙은 동지여, 헉헉거리며 숨 가쁘게 얼음 녹는 해빙의 물결에 나는 더러운 손을 씻는다 나는 그처럼 따뜻한 구멍을 느낀 적이 없었다 그랬다 18세기 이후 역사는 접붙인 자지들로 만든 인공 숲이었다 겨울 동안 배곯았던 길은 이제 훈풍의 노래를 여물처럼 씹고 있다, 자연이여, 찢긴 악보여, 단 하나의 모성이여, 나는 강가에 쭈그리고 앉아 내 자지를 기억자로 꺾어 날카로운 낫이 될 때까지 숯돌에다 갈기 시작한다 머지않아 봄날이 등 뒤에서 산불처럼 크게 웃으며 나를 덮치리라

제3부

청춘

　거울 속 제 얼굴에 위악의 침을 뱉고서 크게 웃었을 때 자랑처럼 산발을 하고 그녀를 앞질러 뛰어갔을 때 분노에 북받쳐 아버지 멱살을 잡았다가 공포에 떨며 바로 놓았을 때 강 건너 모르는 사람들 뚫어지게 노려보며 숱한 결심들을 남발했을 때 한 귀로 듣고 한 귀로 흘리는 것을 즐겨 제발 욕해달라고 친구에게 빌었을 때 가장 자신 있는 정신의 일부를 떼어내어 완벽한 몸을 빚으려 했을 때 매일 밤 치욕을 우유처럼 벌컥벌컥 들이켜고 잠들면 꿈의 키가 쑥쑥 자랐을 때 그림자가 여러 갈래로 갈라지는 가로등과 가로등 사이에서 그 그림자들 거느리고 일생을 보낼 수 있을 것 같았을 때 사랑한다는 것과 완전히 무너진다는 것이 같은 말이었을 때 솔직히 말하자면 아프지 않고 멀쩡한 생을 남몰래 흠모했을 때 그러니까 말하자면 너무너무 살고 싶어서 그냥 확 죽어버리고 싶었을 때 그때 꽃피는 푸르른 봄이라는 일생에 단 한 번뿐이라는 청춘이라는

삼십대

나 다 자랐다, 삼십대, 청춘은 껍처럼 씹고 버렸
다, 가끔 눈물이 흘렀으나 그것을 기적이라 믿지 않
았다, 다만 깜짝 놀라 친구들에게 전화질이나 해댈
뿐, 뭐 하고 사니, 산책은 나의 종교, 하품은 나의 기
도문, 귀의할 곳이 있다는 것은 참 좋은 일이지, 공
원에 나가 사진도 찍고 김밥도 먹었다, 평화로웠으
나, 삼십대, 평화가 그리 믿을 만한 것이겠나, 비행
운에 할퀸 하늘이 순식간에 아무는 것을 잔디밭에
누워 바라보았다, 내 속 어딘가에 고여 있는 하얀 피,
꿈속에, 니가 나타났다, 다음 날 꿈에도, 같은 자리
에 니가 서 있었다, 가까이 가보니 너랑 닮은 새였다
(제발 날아가지 마), 삼십대, 다 자랐는데 왜 사나,
사랑은 여전히 오는가, 여전히 아픈가, 여전히 신열
에 몸 들뜨나, 산책에서 돌아오면 이 텅 빈 방, 누군
가 잠시 들러 침만 뱉고 떠나도, 한 계절 따뜻하리,
음악을 고르고, 차를 끓이고, 책장을 넘기고, 화분에
물을 주고, 이것을 아늑한 휴일이라 부른다면, 뭐,
그렇다 치자, 창밖, 가을비 내린다, 삼십대, 나 흐르

는 빗물 오래오래 바라보며, 사는 둥, 마는 둥, 살아
간다

금빛 소매의 노래

추억이여, 내가 너를 어두운 골목길에서 찾아 헤맬 때부터 너는 이미 내 안의 막다른 길 끝에 기대어 그 길 끝을 손바닥 위에 탁탁 쳐서 능숙하게 담뱃불을 붙이고 있었다 비애, 비에 젖어 잘 타지 않는 존재 속에 영원히 타고 있는 노래여, 모든 망명에는 보이지 않는 행운이 있다

한 줌의 배곯은 마음으로 악보 사이를 서성이며 나는 자주 기웃거렸다, 추억이여, 너는 언제나 모르는 노래였다 바깥을 접으면 안이 구겨진다 군대 가서 절망한 친구는 자살했지만 절망해서 군대 간 친구는 잘 살았다 안을 수십 번 접어도 바깥은 한 치도 구겨지지 않는다

봄이면 느리게 바지춤 추켜올리는 나목(裸木), 내가 쓰러지기 직전엔 언제나 앉은뱅이 꽃들이 모여들었다 나는 알았다 꽃이 문드러지며 뱉어내는 꽃물이 꽃말의 형식인 것처럼 눈물이 네 노래의 형식이라는

것을, 추억이여, 도망갈 곳을 모르겠다 가출하는 게 행
복하리라…… 안에는 바깥이 없다, 아니 너무 많다

긴 암전(暗轉)이 있었다 그때 나는 굽은 등 아래
동그랗게 어둠을 뭉쳐 필사적으로 달아났다 상처의
마지막, 아직 덜 아문 갯벌 끝에 서서 나는 수평선까
지 덮인 거대한 허물을 바라보았다 파도를 끌어당기
며 저음에서 더욱 붉어지던 노래의 근육, 오오, 추억
이여, 네 한 팔의 금빛 소매를 이제, 내 한 팔로, 쭈
욱, 걷어 올려주리라

이곳을 지날 때마다

저, 약국, 속의, 내, 친구의 어머니, 빨갛고 파란, 색색의 모자이크, 속의, 인간, 내가, 한 번도 본 적 없는, 그녀의, 하반신, 하루 종일, 둥둥 떠다니는, 나를 보면 웃어주는, 내, 십대의, 유일한, 처방, 개인적인, 미신, 인간, 인간, 오랫동안 복용한, 한 손 위의 병(病), 한 손 위의 약(藥), 양손을 마주 비비면, 바닥으로 쏟아지는, 가늘고, 단단한, 손금들, 어머니, 어머니라고, 가장 쉽고, 가장 슬픈, 단어로만 부르던, 저, 인간, 눈치채지 못한, 사이에, 쌓이고, 또 쌓인, 언어의, 언덕, 결코, 넘어설 수, 없는, 욕망, 인간, 나를 끌고 다닌, 육체, 속의, 묽은 그림자, 컴컴한 진리, 이곳을 지날 때마다, 결론적이고, 치명적인, 저, 웃음, 웃음, 어렵게 빠져나온, 냄새의, 저, 유리 동굴, 속의, 세계의 시작, 끝, 경계, 저, 여자, 인간, 아으, 사소한, 너무나

즐거운 생일

자꾸 헛것이 보이고 헛것 너머 헛것도 보인다 자꾸
헛것이 보이고 헛것 너머 헛것 너머 막 옷 갈아입는
중인 헛것도 보인다 자꾸 헛것이 보이고 헛것 너머
헛것 너머 헛것…… 너머 무한의 헛것이 보인다

내가 사진 찍어준 친구들 지나가다 보면 아직도 그
자리에 김치이, 하고 굳어 있다 내 얼굴에는 굵은 소
금에 좌악, 긁힌 상처가 있다 십 년 만에 땀을 닦은
것이다 대학 2학년 때 나랑 헤어진 여자는 아직도 그
카페에서 떨리는 손으로 식은 커피 잔을 쥐고 있다 나
는 쏟은 물 위에 유서를 썼고 서명까지 남겼다 죽어
버려라, 라는 말이 증발해버렸을 때 나는 비로소 가벼
움에 취했다 나는 울 줄도 알고 웃을 줄도 알고 둘 중
에 하나를 십 초 이내에 선택할 줄도 안다 나의 표정
은 도시 게릴라의 마지막 항전 기록과도 같다 그리고
내가 목숨 건 최후의 세계는 내가 서 있는 여기서 사
방으로 백 보 안이다 다 나가라, 오늘은 내 생일이다

세계는 맛있다

그가 자신에 대해서만 노래하고 있는 동안
그렇게 집중하고 있는 동안 나는
아주 먼 산책을 다녀왔다
후유증이 심각하다
마모되고 있는 세계의 凹凸이 서글펐다
세계가 망해가고 있는 것은 외로운 날씨
순전히
체온이 결여된 기온 탓이므로

그는 이제 위선자가 되었다
풍경을 대할 때 제 삼자인 양한다 그러나
풍경은 생명이 있을 때만 움직인다
그 외에는 기껏해야 흔들릴 뿐
하나의 생명이 그를 향해 다가올 때
그는 당황해할 것이다 두려워할 것이다
바보처럼 바아아아보처럼

내가 한때 존경해마지 않았던 그

내가 선물로 들고 온 생일 케이크 앞에서
눈을 사시로 뜨고서
어쩔 줄 몰라 한다
세계입니다! 세계가 먼저입니다!
내가 소리치자 그가 케이크 한 조각을 집어
내게 힘껏 던진다
내가 그것을 세계의 운동의 일부라고

생각할 때
내 얼굴을 덮치는 부드러운 凹凸
박살 난 케이크도 케이크다
참 달다
세계의 맛이다

성장기

1

나는 지금 유언장을 몇 번 접을 것인가를
생각한다. 나는 너무 젊었으나
내 주위에는 늙디늙은 비밀들이 가득하다
나는 그들에게 마지막 설교를 한다

2

이후
나는 성장했다
어머니를 따라 시장에 갔다
어머니를 따라 집으로 돌아왔다
집 마당에는 낙엽송 한 그루가 서 있었다
바람이 불면 가지들은 미친 듯이 성호(聖號)를 그
어댔다
나도 그 나무처럼 뿌리로부터 너무나 먼

팔다리를 가지고 있었다, 어느 날

발끝에서 그림자가 새나왔고, 어느 날
잠에서 깨어나자 새 한 마리가
배꼽을 쪼다가 푸드득 날아갔다
나는 자주 자전거를 끌고 여의도까지 걸어갔다
돌아오는 길엔 층계참에 쭈그리고 앉아
그림자가 몇 번 접혔는지 세어보았다, 이후

나는 성장했다
길바닥에서 처음 보는 물건들을 자주 주웠다
항상 적, 재, 적, 소, 에서 웃거나 울었다
그림자를 보면 웃는지 우는지 알 수 없었다

   3

나는 지금 참혹한 부끄러움을 느낀다

나는 지금 내 유언장이 몇 번 만에 펼쳐질 것인가를
생각한다. 생각한다는 것, 그것이 나의 지병이었다
그리고 같은 의자 위에 앉아 나는
그들에게 너무 많은 것들을 고백해왔다

狂人行路

길 위에서 나는 두려워졌다. 대낮인데도 어둠이 날 찝쩍댔다. 어젯밤 잠 속에선 채 익지 않은 꿈을 씹어 먹었다. 아침에 일어났더니 병에 담아둔 꽃이 다 뜯겨 있었다. 신물 대신 꽃물이 올라오고 발바닥에 헛바늘이 돋았다. 걸음이 떠듬대며 발자국을 고백했다. 나는 두려워졌다. 아무 병(病) 속으로 잠적하고 싶어졌다. 마침 길가에 〈藝人〉이라는 지하 다방이 있었다. 그곳에 자리를 잡고 전날 샀던 시집을 한 장 한 장 찢으며 넘겼다. 나는 두려워졌다. 종업원이 유리컵에 물을 담아 왔다. 거기에 코를 박고 죽고 싶어졌다. 맛을 보니 짭짤했다. 바닷물인가? 아님 너무 많은 이들이 코를 박아서 이미 콧물인가? 나는 두려워졌다. 산다는 게 꼭 누가 했던 말을 되풀이하는 것 같았다. 한숨을 쉬니 입김이 뿌옇게 피어올랐다. 누군가 내 안에서 줄담배를 피우고 있는 게 틀림없었다.

어느 날 은행에 갔었네

어느 날 은행에 갔었네
애인과 나 손 꼭 잡고 통장을 만들었네
등 뒤에서 유리문의 날개가 펄럭거리네
은행은 날아가지 않고 정주하고 있다네
애인과 나는 흐뭇하다네
꿈은 모양이 다양하다네
우리는 낄낄대며 담배를 나눠 갖네
은행의 예절은 금연 하나뿐이라네
어쩐지 세상에 대한 장난으로
사랑을 하는 것 같네 사랑 사랑 사랑
이라고 중얼대며 은행을 나서네
유리문의 날개에는 깃털이 없다네
문밖에서 불을 붙여주며
애인은 아직도 낄낄거리네
우리는 이제부터 미래에 속한다고
미래 속에서 어른이 되었다고
애인이 나에게 가르쳐주네
나는 고개를 끄덕이며 마음 아프네

금방 머리 위로 파산한 새가 날아갔네
후드드득
깃털 같은 빗방울들이 떨어지네
어느 날 우리는 많은 돈을 갖겠네

그때, 그날, 산책

그때 참 추운 겨울이었는데
우리는 너무 많은 산책을 했네
그날 큰 눈이 내렸네
살얼음만으로 적설을 견디는 호수
더러운 땅을 기억하는 발자국들
길 끝의 작은 잿빛 점은
우리를 기다리는 큰 개였네
공원에는 유명한 가수가 묻혀 있었네
"그 어떤 따스함이 세상을 감싸리"
그의 노래는 빛나는 명성을 남겼으나
무덤 위엔 죽은 꽃들의 잔인이 가득했네
그날 큰 눈이 그치고
쌓인 눈은 조금씩 얼음의 두께를 더했네
다음 번 내릴 눈에 대해
호수는 걱정을 덜었으나
그때 우리의 심약한 마음은
미래를 자주 떠올리며 쩡쩡 금이 갔네
그때 참 짧은 연애였는데

우리는 너무 많은 산책을 했네
그날 큰 눈이 내리다 그쳤네
그날 큰 개를 따라 집으로 돌아왔네
우리의 마지막 산책이었네
그때는 알지 못했네

대물림

우리쯤의 나이면 거리를 활보하며 담배 한 대 물수 있다. 지긋한 나이의 눈들을 외면하고 짐짓 연기에다 힘줄 세워 내뿜거나 빛나고 있음을 보여주기 위해 빈번히 담뱃재를 털어내며…… 그러나 조심해야한다. 아버지의 세대는 너무 급히 태운 꽁초였다.

홍수가 났던 해였다. 아버지의 『사상계』는 퉁퉁 불어 건져졌고 마르기도 전에 곰팡이가 피었다. 언젠가당신의 낡은 책갈피 사이에서 발견한 괴테의 시구. "모든 봉우리에는 휴식이 있다."

생은 균형을 찾을 때까지 족히 수십 번은 흔들린다. 그러다가 쓰러진 이들은 정말 완벽하게 쓰러진 것이다. 다시 일어나기 위해 필요한 것은 무엇일까, 혁명일까? 아버지, 여태 빈 링거병 꽂고 누워 계세요?

보도블록에 다리가 끼인다. 누구인가, 나를 이토록무지막지하게 흡입하는 자는? 서서 생각해본다. 우리쯤의 나이면 삶은 몇 번의 암전(暗轉)을 겪고도 남는 것이다. 이제서야 막(幕) 끝의 술처럼 나풀거리는 깨달음. 아버지, 이렇게 장성해서 거리를 활보하고 있는 내가 당신이 남긴 그 숱한 혼잣말의 잔뿌리들 중 하나일 줄이야!

아버지, 옛집을 생각하며

이 방의 천장은 낮다. 점프
하지 않아도 천장에 닿을 수 있다는 건 얼마나 속
되냐
섀시 창문 밖으로 천장의 유혹을 간직하고
구름은 지나간다

아버지는 퇴근하면 가방을 열어
가방 모양의 공기를 마루 위에 쏟아내곤 했다
이야, 놀라워라 어린 자식들의 조건 없는 탄성이여
가끔씩 옛집을 생각하면
피융, 하고 양쪽 뺨을 스치며 앞뒤로 지나가는
기억과 망각의 총탄이여

이 집 안방에는 그러고 보니 깊은 절벽이 숨어 있다.
저 밑에는 도달하거나 도달할 수 없는 바닥
돌아보면 누이는 저만치 뒤에 있고 어머니는 더 뒤
에 있고
더 뒤에는 무한의 더 뒤가 있고

126

더더더 뒤에는 그냥 장롱벽
거기 기대어 아버지
좌탈입망, 돌아가셨다
아버지 왼손에 쥐어진
위성TV 리모컨

감자조림 미끼로 낚시질 가시던
빈 링거병 꽂고 누워 계시던
소싯적에 거참 잘생기셨던
아버지, 망부 청송심씨후인
위패를 쓰다 난 으이씨, 하고 울었다
아버지, 어찌
죽음 갖고 아트를 하십니까

내가 좋아하는 곳은 옛집의 지하실
도망갈 수 있는 곳, 다시는 돌아가려 하지 않아도
이미 돌아와 있는 곳
평화가 런나이 보일러처럼 자알 작동하는 곳

나는 낮은 천장 아래 홀로

소파 뒤에 바짝 등 붙이고

낮은 포복으로 몰려오는 미래를 빠끔히 내다보고
있다

가족들은 이 집 어딘가에서 소식도 없이

각자 잘 살고 있으리라, 믿어 의심치 않는다

도주로

집을 나서는데, 아이 하나가 담벼락에 낙서를 하고 있다. 나는 옆에 선 채 가만히 지켜보기로 한다. "영철이랑 미영이는 사랑한대요. 씨발놈아, 미영인 내꺼다." 아이는 나를 보더니 주뼛거리다가 후다닥 달아난다. 너무 곧장 달음박질쳐서, 바로 앞에서 점점 작아지는 것 같다.

유심히 보면 담벼락 아래에는 잘게 부서진 백묵 가루가 수북하다. 아이는 정말 온 힘을 다 주어서 꾹꾹 눌러 쓴 것이다. 허리를 굽혀 손가락에 묻혀본다. 씨발놈아, 미영인 내 거다…… 참 부드러운 증오다.

가방 속엔 빈 도시락 통이라도 들었는지 소리가 요란하다. 아이는 벌써 모퉁이를 돌아 사라졌지만 아직도 들려온다. 수치심이란 저렇게 오래도록 덜그럭거리는 것일까. 발걸음을 옮기다 나는 문득 본다. 수많은 빛살들이 같은 쪽으로 도망치다가 컴컴한 그림자들로 길바닥에 와르르 넘어지고 있는 것을.

멀어지는 집

가출도 아니고 출가도 아니다
문 앞에 가만히 서 있었는데
집이 점점 멀어져갈 따름이다
그리하여
나의 근황은 한때의 방황이고
나의 방황은 유일한 정황이다

엄마는 이제 영어로 말하라 한다
아버지의 유언이었다고 한다
허니, 돈 셰드 노우 티얼스
하지만 눈물이 그치지를 않아요
내 몸엔 이상한 춤과 몹쓸 여자가 박혀 있어요
그 춤, 그년을 꺼내려 줄창 노래만 불렀더니
마음은 숱한 우여곡절을 꽃피우네요

가출도 아니고 출가도 아니다
다만 집이 나에게서 영영 떠난 것이다
그리하여

나는 정원만 남은 집터에 서 있다
정원사를 위한 발라드를 흥얼거리고 있다
꽃잎마다 정확한 아름다움이 맺혀 있다
가슴에는 강퍅한 결심이 서려 있다

멀고 먼 지평선 위
콩알만큼 작아져 껌벅껌벅,
개밥바라기처럼 빛나는
나의 옛집

실향(失鄕)

  설 전날, 엄마랑 고모랑, 허름한 동네 식당에서 아구찜을 먹다, 남편도 없고 아버지도 없는 이날을 명절이라 하기에는 처량하도다, 아버지, 하고 속으로 부르니 슬픔이 미더덕처럼 터져 맘 한구석이 크게 데이다, 식당 안쪽 골방을 엿보니 말로만 듣던 하우스라, 고향이 철천지원수가 된 사내들, 거나한 도박판이라, 과묵한 패가망신의 영토라, 그들의 비루한 나날이 고모랑 엄마의 청승과 도무지, 상관없는 듯도 하고, 있는 듯도 하여라, 생선 가시를 퉤퉤, 발라내며 수다 꽃을 피우는 두 여인네 사이에, 나는 한 마리 어색한 남정네, 후식이랍시고, 그것도 명절 선심이랍시고, 자판기 커피 홀짝이며, 문틈으로 얼보이는 힘줄 돋은 손아귀들, 획획 뒤집혀 착착 붙는 화투패들에게로, 생선 뼈처럼 의뭉스런 눈길을 보내네, 밥 다 먹고 기억 아득한, 합정동 골목길 되짚어 고모댁네 들러, 설 전날이라, 까치설이라, 명란젓이며, 만두며, 곶감이며, 점점이, 알알이, 주거니 받거니, 엄마랑 고모는 지극한 맛의 꽃 패를 마루 위에 펼쳐 보

이시네, 바리바리 싸들고 집에 오는 길, 교통방송이
전하는 지혜의 말씀, 고향 가는 길은 돌아가는 길이
없습니다, 직진, 오로지 직진입니다, 엄마랑 나, 직
진으로 경부선 타다 판교 인터체인지에서 분당으로
빠지는데, 이것은 영락없는 실향의 길이라, 남편도
없고, 아버지도 없고, 할아버지도 없고, 할머니도 없
는, 실향의 나라로, 엄마랑 나는 뛰뛰빵빵 뛰뛰빵빵,
오늘도 내일도, 하염없이 달려가네

편지

이곳은 오늘도 변함이 없어
태양이 치부처럼 벌겋게 뜨고 집니다
나는 여느 때처럼 넋 놓고 살고 있습니다
탕진한 청춘의 기억이
간혹 머릿속에서 텅텅 울기도 합니다만
나는 씨익,
웃을 운명을 타고났기에 씨익,
한번 웃으면
사나운 과거도 양처럼 순해지곤 합니다

요새는 많은 말들이 떠오릅니다, 어젯밤엔
연속되는 실수는 치명적인 과오를
여러 번으로 나눠서 저지르는 것일 뿐,
이라고 일기장에 적었습니다
적고 나서 씨익,
웃었습니다
언어의 형식은 평화로워
그 어떤 끔찍한 고백도 행복한 꿈을 빚어냅니다

어젯밤엔 어떤 꿈을 꾸었는지
기억나지 않습니다만
행복한 꿈이었다 굳게 믿습니다

내 신세가 처량하기도 하지만
이제 삶의 고통 또한 장르화하여
그 기승전결이 참으로 명백합니다
다만 어두움을 즐겨하기에
눈에 거슬리는 빛들에겐
좀 어두워질래? 타이르며
눈꺼풀을 닫고 하루하루 지낸답니다

지금 이 순간 창밖에서
행복은 철 지난 플래카드처럼
사소하게 나부끼고 있습니다
그 아래 길들이 길의 본질을 망각하고
저렇게 복잡해지는 것을 보고 있자니
내 마음의 페이지들이 구겨지면서

아이구야, 아픈 소리를 냅니다

확률적인, 너무나 확률적인

오래된 습관을 반복하듯 나는 창밖의 어둠을 응시한다, 그대는 묻는다, 왜 어둠을 그리도 오래 바라보냐고, 나는 답한다, 그것이 어둠인 줄 몰랐다고, 그대는 다시 묻는다, 이제 어둠인 줄 알았는데 왜 계속 바라보냐고, 나는 다시 답한다, 지금 나는 꿈을 꾸고 있다고, 그대는 내 어깨 너머의 어둠을 응시하며 말한다, 아니요, 당신은 멀쩡히 깨어 있어요, 너무 오랜 고독이 당신의 얼굴 위에 꿈꾸는 표정을 조각해놓았을 뿐

이 밤에 열에 하나는 어디론가 떠나고 열에 하나는 무척 외로워질 수 있다, 그리고 열에 하나는 흐느껴 울기도 한다, 이 밤에 그대와 내가 이별할 확률($=0.1 \times 0.1 \times 0.1$)을 떠올리면 내 얼굴은 저 높이 까마득한 어둠 속 백동전으로 박힌 달 표면처럼 창백해진다, 나는 다만 시작과 끝이 불분명한 시간의 완곡한 안쪽에 웅크리고 누워 잠들고 싶은데, 지금 나는 내가 남자인지 여자인지도 잊고 번민으로 오로지 번민으로

빠져들고 있는 것이다

　모든 병든 개와 모든 풋내기가 그러하듯 나는 운명 앞에서 어색하기 그지없다. 그대를 오랫동안 품에 안았으나 내 심장은 환희를 거절하고 우울한 예감만을 가슴 복판에 맹렬히 망치질 하였다. 우연이란 운명이 아주 잠깐 망설이는 순간 같은 것, 그 순간에 그대와 나는 또 다른 운명으로 만났다. 그러나 운명과 우연이 뫼비우스의 띠처럼 얽혀 있다 한들 무슨 상관이란 말인가, 우리는 지금 서로의 목전에서 모래알처럼 산지사방 흩어지고 있는데

　그대에게서 밤안개의 비린 향이 난다, 그대의 시선이 내 어깨 너머 어둠 속 내륙의 습지를 돌아와 내 눈동자에 이르나 보다, 그대는 말한다, 당신은 첫 페이지부터 파본인 가여운 책 한 권 같군요, 나는 수치심에 젖어 눈을 감는다, 그리고 묻는다, 여기 모든 것에 대한 거짓말과 아무것도 아닌 것에 대한 진실이

있다, 둘 중 어느 것이 덜 슬프겠는가, 어느 것이 먼 훗날 불멸의 침대 위에 놓이겠는가, 확률은 반반이다, 확률이란 비극의 신분을 감춘 숫자들로 이루어진 어두운 계산법이 아닌가

　눈을 떴을 때 그대는 떠났는가, 떠나고 없는 그대여, 나는 다시 오랜 습관을 반복하듯 그대의 부재로 한층 깊어진 눈앞의 어둠을 응시한다, 순서대로라면, 흐느껴 울 차례이리라

그녀와의 마지막 테니스

　　내 상상은 모질지 못하여 아직도 슬픔의 꼬리가 얼핏
보이는 덤불 숲에 한두 자락 꿈의 그늘을 널어두네
들숨과 날숨 중에 어떤 것에 집중해야 할지 몰라 천
식 걸린 나날이 숨 헐떡이며 우주의 좁은 틈새를 유
성마냥 날아가네 신은 죽었거나 말거나 이어폰을 통
해 흘러나오는 노래들만이 구원 없는 세상을 향해 긴
급 메시지를 날리네 (내용 무) 부처님 전에 절 올리
고 나오는데 산등성이에 천 년 묵은 소나무가 실패한
개그처럼 애처롭네 옆에 섰던 비구스님 왈 우는 소리
는 까마귀인데 우러러보니 득음한 신선이더라 하던
시대는 오래전에 지났어 그저 막막한 하늘이라 치고
어여 잠이나 자거라 나는 아직도 슬픔에 남몰래 집착
하여 자목련 고양이 명멸 등의 낱말들이 내 유아독존
의 길을 늙은 창녀처럼 막아서네 그것 말고는 위풍당
당 숭그리당당 유쾌하게 길을 걷지만 가끔 눈물이 기
적적으로 흐르는 건 어쩔 수 없네 어머니는 서른을
훌쩍 넘어 면허 딴 나보고 운전 잘하네 칭찬하다 우
시네 돌아가신 아버지 생각이 난 게지 슬픔이 서류첩

사이사이 켜켜이 쌓여가는데 회사 인간들은 야근을
마치고 룰루랄라 노래방으로 향하네 당신의 십팔번
이 나의 십팔번일 때 한없이 흐려지는 존재감 내가
제출한 사직서에 숨은 뜻은 없어 단지 그 의지를 곱
씹어 부드러운 섬유질의 슬픔을 맛보시라고 실직을
며칠 앞두고 나는 사랑하는 그녀와 테니스를 치다 나
와 결혼해줘 외치네 그녀는 멋진 백핸드 발리를 날리
고 네트를 훌쩍 뛰어넘어 내게 다가와 속삭이네 조
만간 모든 것이 끝이 날 거야 모르겠니 매치 포인트
라고

떠다니는 말

말들은 떠다닌다. 거리 사이로, 건물 사이로, 다리 사이로. 떠다니는 말 속에는 전처의 소식도 있고, 모르는 꽃의 꽃말도 있다. 창밖에는 흰개미들이 풍경에서 풍경으로 옮겨 다니며, 원근법을 갉아먹고 있다. 언제부턴가 내가 그림 속으로 걸어 들어가면, 그림은 찢어진다. 나를 구원해주던 그 풍경들은 다 어디로 갔나. 60년대 이후, 신은 죽은 척하고 있다. 60년대 이후, 스트레스는 디오니소스나 제우스 같은 스, 자돌림 신의 반열에 올랐다. 이제 그 어떤 예언도 심장을 설레게 하지 않는다. 이혼을 했으나 아직 더 할 이혼이 많다. 하루하루가 격세지감이다. 천변만화 피크닉이다. 김밥을 말았는데, 불끈, 분노 때문에 주먹밥이 된다. 무섭다. 객관적이라는 말은 모든 말의 적이다. 떠다니는 말 몇 개를 잘 이어 붙이면 딴 세상 여는 열쇠가 된다. 그래도 구원은 없다. 들리는 바에 의하면, 어떤 신은 최근 요리사 자격증을 땄다. 온종일 동파육을 만들고, 다 이루었도다, 거참 보기 좋다, 그러고 지낸다. 말들은 떠다닌다. 모든 틈새로,

간극으로, 미끄러지듯, 유영하며, 떠다니는 말꼬리나 붙잡고, 나는 사람들 앞에서 자주 운다, 처음에는 한두 명이더니, 이제는 열 명, 스무 명 앞에서도 잘 운다, 최고 기록 백 명이 목표다, 그중에 한 여자가 나를 꼭 안아주리라, 나는 그녀와 사랑하고, 섹스하고, 결혼하고, 이혼하리라, 오랜 세월 간직한 일기장을 털면, 책장 사이에서 빠져 나온, 무수하고 미세하고 사소한 말들이, 허공에 두둥실, 두리둥실, 구원 없는 아름다움 앞에서 나는 오늘도, 속절없이, 아프다

나는 발자국을 짓밟으며 미래로 간다

가장 먼저 등 돌리데
가장 그리운 것들
기억을 향해 총을 겨눴지
꼼짝 마라, 잡것들아
살고 싶으면 차라리 죽어라
역겨워, 지겨워, 왜
영원하다는 것들은 다 그 모양이야
십장생 중에 아홉 마릴 잡아 죽였어
남은 한 마리가 뭔지 생각 안 나
옛 애인이던가, 전처던가
그미들 옆에 쪼르르 난 내 발자국이던가
가장 먼저 사라지데
가장 사랑하던 것들
추억을 뒤집으니 그냥 시커멓데

나는 갈수록 추해진다
나쁜 냄새가 난다

발자국을 짓밟으며 나는 미래로 간다
강변 살자, 부르튼 발들아

꿈과 피의 미술관

허 윤 진

그와 나의 관계에 관한 공적인 수다

개인적인 이야기를 시작해야겠다.

그는 낯선 이들 앞에서 자신이 꾸었던 꿈을 이야기하기 시작했다. 그가 이야기했던 꿈의 세세한 풍경이 아직도 손에 잡힐 듯 선명하게 느껴진다. 하나의 꿈에서, 또 다른 꿈으로…… 타인의 꿈을 전해 듣는 일이 처음은 아니었다. 하지만 내가 들어본 수많은 꿈 중에서도 그의 꿈은 무척 인상적인 편이었다. 그가 자신의 머리에 총을 겨누었던 꿈을 이야기하면서 관자놀이에 총 모양의 손을 가져다 대던 순간을 기억한다. 자신에게 총을 겨누는 심정으로 매 순간을 살아간다는 것은 무엇을 의미할까. 그의 꿈은 총부리를 머리에 가져가는 부분에서 끝난다고 했다. 그의 꿈에는 평안과 불안 사이의 망설임이 있었다. 뉴욕 어딘가의 뒷골목에서 갱들이 그와 동생들을 쫓아오는 꿈을 꾸기도 한다 했다. 동생들을 지키기 위해 뒷주머니에서 칼을 꺼내지만 막상 나온 것은 녹슨 나이프. 역시 그 꿈도 그 장면에서 끝난다 했다. 어둠과 빛이 교체되며 그가 현실로 튕겨져 나왔을 때, 그가 본 것은 죽음이었을까, 삶이었을까, 아니면 죽음 같은 삶이었을까.

언어로 표현되지 않은 꿈은 온전히 나만의 것이다. 꿈은 그것을 꾸는 자만이 이해할 수 있는 온갖 은밀한 이미지와 언어로 가득 차 있다. 꿈에서 깨어나 꿈을 현실의 언어로 번역하자마자 꿈은 잘 길든 가축처럼 온순해진다. 파괴적인 날것들이 생생함을 잃게 된다 하더라도 꿈에 '대해서' 누군가와 대화하고 싶다면 다소간의 희생을 감수할 수밖에 없는 일이다. 나만의 무질서한 꿈이 왜곡과 변형으로서의 '번역'을 거치고 나면 타인도 이해할 수 있는 상징이 된다. 그 상징은 타인이 언젠가 꾸었는지도 모르고 꾸게 될지도 모르는 낯선 꿈의 구조와 닮아 있을 것이다. 꿈과 꿈 사이의 우연한 일치와 반향을 경험하는 제2의 기쁨으로 말미암아 우리는 꿈을 착실하게 생산하고 출하하기를 그치지 않는다. 꿈을 이야기한다는 것은 나만의 것을 너의 것으로, 그의 것으로, 우리의 것으로 확장하는 미적인 인칭 변화이다. 언어의 광장에서 일어나는 사회적 참여 행위이다. 가장 구체적이고 개인적이며 은밀한 지점으로 돌아감으로써 가장 노출증적이고 사회적이며 일반적인 지평을 맞닥뜨린다는 꿈–말하기의 역설은 바로 시 쓰기의 역설이다. 내가 가진 꿈의 퍼즐이 타인들이 잃어버린 꿈의 퍼즐 조각일 확률은 극히 미소하지만 시인은 그 확률에 자신을 걸고, 불가능성에 자신을 건다.

개인적인 이야기를 시작해야겠다.

슬픔의 저축

싸워야 할 적이 선명하게 보이던 시대에 사람들은 차라리 행복했을지도 모른다. 우리가 인간으로서 누려야 할 기본적인 권리를 묵살하고 폭력적 수단으로 생명까지 위협하던 정치·경제 권력은 거대한 몸통을 드러낸 적이었다. 학생·노동자 운동을 비롯한 시민운동의 성과로 우리는 자유와 권리를 상당 부분 획득한 것으로 믿었다.

우리의 믿음과 달리, 폭력의 구조는 외출혈보다 심각한 내출혈을 이미 마련하고 있었다. 경제 성장이나 사회 안정 등의 목표를 공동체가 마땅히 추구해야 할 선(善)으로 가정하고 이 유일한 목표를 위해서라면 어떤 억압이 이루어져도 좋다는 단순한 발상은 한국 사회에 다양한 형태로 억압과 폭력을 발아시켰다. 우리는 정권 교체를 비롯해서 명시적인 조건이 몇 가지 나아졌다는 점만으로 너무나 쉽게, 억압의 심층 구조가 해소되었을 것이라고 가정한 것은 아닌가? 한국 사회의 대다수 구성원이 경제적 안정보다 경제적 불안에 노출되어 있던 시기에는 상호 연대가 보다 용이했다. 잃을 것이 없는 절대적 약자들은 서로 연대해야만 거대한 권력에 맞설 수 있었기 때문이다.

한국 사회가 이전에 비해 훨씬 경제적으로 풍요로워진 지금, 개인들은 상대적 박탈감에 극도로 예민하게 반응하며 타인보다 좀더 우월한 위치에 있기를 희망한다. 많은 이들이 사회에 불만을 가짐으로써 사회의 시스템에 적응하지 못하는 낙오자가 되기보다는 사회에 적극적으로 순응함으로써 시스템이 환영하는 모범생이 되기를 열망한다. 과연 우리 시대에 혁명은 가능한가? 그는 혁명의 확실성을 믿느니 불확실한 일기예보를 믿겠다고 말한다(「착각」). 이제 정치적 노선 운운하는 시대는 끝났다. 버스 노선이 정치적 노선을 앞서고, 두 노선이 동등한 위치에서 비교되는 시대다(「미망 Bus」).

군부 독재와 다르게 자본주의 독재는 물리적인 폭력을 가하거나 실재 무기를 사용하지 않는다. 고도로 발달된 금융 경제로 인해 자본주의 체제는 복잡계의 성격을 띠게 되었다. 자본과 자본이 서로 교미하고 몰려다니며 갖가지 파생 상품의 알이 스는 이 경제 생태계에서 억압의 주체를 단순하게 규정하기란 불가능한 일이다. 경제적 약자는 누구와 싸워야 하는지도 모른 채 전쟁에 내몰린다. 최첨단 경제 전쟁에서 패하는 자는 '믿을 수 없는 자'(신용불량자)로 낙인찍힌다. 자본주의라는 보이지 않는 유령과 싸워 패배했을 때 돌아오는 것은 역시 보이지 않는 가치인 '신뢰'의 훼손이다.

더욱 두려운 것은 국가 간의 경계조차 무의미하게 만드는 신자유주의적 상황에서 앞으로 개인들이 이 유령과 끝없는 사투를 벌이게 될 것이라는 사실이다. 개발과 성장 위주의 경제관이 독재 시대로부터 귀신처럼 부활하여 미국발(發) 신자유주의와 결합된 지금, 연대 불가능한 개인들이 겪어야 할 폭력의 후폭풍이 어떤 규모일지, 어떤 폭력적 구조가 공동체 내부에 각인될지, 가늠하기조차 어렵다. 양적이고 외면적인 삶, '잘사는' 삶이 주상복합건물처럼 현기증 나게 찬양되는 시대. 이 시대에 머리를 묻고 침묵한 채 갈 수 없는 이들이 있다. 모두가 추수하는 가치를 맹목적으로 따르기에는, 타고난 불만과 불평과 의심과 회의의 기질이 몹시도 지독한 자들.

자본주의 사회의 윤리를 고수하며 명랑하게 살아가기 위해서는 노동에서 여가로, 여가에서 다시 노동으로 이어지는 성실한 인생의 주기를 잘 지켜야 한다. 노동에 대한 의심과 여가에 대한 회의를 품어서는 안 된다. 체제에 대한 성찰과 소비적인 자기반성처럼 무겁고 우울한 것들은 '신성한' 노동의 현장에 개입되어서는 안 된다. (후기) 산업 사회에서도 산업 현장의 효율성은 여전히 중요하다. 감정 노동이 강요되는 서비스업에서도 명랑한 조증은 허용되지만 한없이 늘어지는 울증은 허용되지 않는다. 슬픔과 우울함에 침윤되어 거미줄에 걸린 나비처럼 사지를 늘어뜨린 자는 사회와 영원히 불화할 수밖에 없다.

심보선의 시집은 그 자체로 슬픔을 저축해가는 과정이라 할 수 있다. 인간이 느낄 수 있는 가장 큰 슬픔 중의 하나는 시간에서 온다. 내 의지와는 무관하게 시간이 흐르고, 영원히 머물고 싶었던 순간은 다시는 되돌아올 수 없는 방향을 향해 광속으로 사라진다. 시간의 흐름은 인간의 유기체적 몸에 큰 변화를 낳게 마련이어서, 아이는 자신의 뜻과는 상관없이 어른의 세계로 튕겨져 나간다. 3, 40년에 불과했던 인류의 수명이 8, 90년으로 점차 연장되면서 육체의 성장과 정신의 성장은 심각한 불일치를 낳게 되었고, 지금도 많은 '아이어른' 혹은 '어른아이' 들이 끔찍하게 자라버린 육체를 부여잡고 어리둥절해한다. 어울리지 않는 '의상' 앞에서 커버린 아이들은 한없는 슬픔을 맛본다. 소문으로만 떠돌던…… 몽정과 생리는 꽤 높은 확률로 발생한다. 왜 나에게!

그는 전한다. "달이 지는 곳에 이상한 신화가 떠돈다. 해가 뜨는 곳에서도 그러하다. 어린아이들이 7일간 세계를 창조하고 갑자기 어른이 되었다는 것이다.//나 그 아이의 하나로서 불안과 슬픔만을 완벽하게 느낀다. 그 모든 불완전성 속을 배회하며 불안과 슬픔만을 완벽하게 중얼거린다"(「아이의 신화」). 이 아이어른은 자신이 창조한 세계에서 주재자가 된 행복과 기쁨을 마음껏 누리지 못한다. 이 아이는 세계에 영향을 미치는 행위와 사건의 중심인물이 되지 못한다. 그는 움직이는 대신 느낀다. 그는 말하는 대신 중얼거린다. 그가 유일하게 확신할 수 있는 것은 자신만이 느끼는 감정이고, 그 감정도 긍정(+)보다는 부정(−)에 가까이 있는 것들뿐이다. 그에게 언어는 입 밖으로 완전하게 성공적으로 발설된 것이 아니다. 그에게 언어는 불완전한 미래형이다. 그래서 그는 운명에 대한 애가(哀歌)를 다음과 같이 마무리한다. "나는 지상에 태어난 자가 아니라 지상을 태우고 남은 자다. 모든 것이 사라지고 남은 최후의 움푹한 것이다. 환한 양각이 아니라 검은 음각이란 말이다. 나의 전기를 쓰기 위해서는 세상의 모든 신화들을 읽은 후 비탄에 젖어 일생을 보내다가 죽은 후 다음 생에 최고의 전기작가로 태어나야 한다. 그러나 명심하라. 그 운명을 점지하는 자도 바로 나다"(「아이의 신화」).

그의 전기는 아직 완성되지 않았다. 아니, 영원히 완성될 수 없을 것이다. 모든 것이 불꽃 속에서 산화된 이후에 남은 재, '잉여인간'은 위대한 전기의 주인공이 될 수 없다. 그의 전기를 서술해야 하는 자가 그라면, 이 실패자가 쓸 수 있는 기록이란 실패의 기록뿐일 것이다. 비루한 인간 세계를 초월해서 존재하는 신과 영웅들이 주인공이 되는 신화의 세계는 이 아이에게 불가능한 꿈이다. 그는 천상의 영광스러운 주연(酒宴)에 참석할 수 없다. 그가 자신의 이야기를 펼쳐야 하는 공간은 "술집, 식당, 도서관, 학교" 등의 비속한 인간계이다. 그가 절대적인 '어른'이 되기에는 그가 처한 공간도 문제적이지만 그것보다 자신에 대한 의심과 고뇌가 더 큰 문제이다. 자신을 의심하는 신은 없기에. 가능성만이 존재할 뿐 현실성은 없는 자신의 왕국을 어떻게 꾸려가야 할 것인가. 아이의 세계를 떠나는 순간부터 그에게는 절망적인 감정이 '예비'되어 있었다.

성장은 상실이다. 성장은 어린 육체의 상실이며, 어린 시간의 상실이고, 나아가 젊은 부모의 초상(初喪)이다. 나의 생존을 묵묵히 책임지던 순한 동물들은 시간의 풍화작용을 이기지 못하고 노화에 이른다. 나에게 절대적이었기에 그만큼 아름다웠던 그들을 잊으면서 우리는 어른이 된다. 그들의 무리에서 떨어져 나와 내 발로 비틀비틀 서기 위해서는 그들과 달라져야 한다. 그러나 분명 나의 살과 피는 그들에게서 왔고, 그들을 잃어버리며 나는 나의 일부를 잃어버린다. 나에게는 무한에 가까웠던 이들이 유한하다는 것을 깨달으면서 우리는 또 한 번 어른이 된다. 그들을 닮고 나를 닮은 아이를 낳아 심리적인 정박지를 다시 찾기 전까지는 실향민의 처지에 머물 수밖에.

엄마랑 나, 직진으로 경부선 타다 판교 인터체인지에서 분당으로 빠지는데, 이것은 영락없는 실향의 길이라, 남편도 없고, 아버지도 없고, 할아버지도 없고, 할머니도 없는, 실향의 나라로, 엄마랑 나는 뛰뛰빵빵 뛰뛰빵빵, 오늘도 내일도, 하염없이 달려가네　　　　──「실향(失鄕)」 부분

　아버지를 그리워하는 소년들을 안다. 이성애적 가족 구조에서 딸이 어머니와 맺는 유대 관계가 각별하듯이, 아들이 아버지와 맺는 유대 관계 역시 각별할 것이다. 같은 극의 자석이 지니는 동일한 자기적 속성과 그로 인해 발생하는 척력. 그들은 서로 너무나 친밀하기에 그만큼 서로를 밀어낸다. 가장 외롭고 쓸쓸하며 힘겨운 순간에 소년은 더 나이 든 소년에게 전화를 건다. 그의 지혜를 얻기 위해서. 지혜를 주던 이가 사라졌으니, 어린 소년이 살아남는 것은 이제 소년 자신의 문제가 되었다. 『사상계』를 읽고 낚시를 즐겨하고 인물이 좋았던 남자가 사라지자 그를 닮은 어린 남자는 상실의 슬픔에 몸을 맡길 수밖에. 그는 몸 안에 끝없이 차오르는 슬픔의 에너지를 이기지 못하고 눈물을 흘린다. 생산된 슬픔을 소비해야만 감정의 부도를 막을 수 있다. 가족들이 모두 집에 모였을 때 그는 가족의 이름을 하나하나 부르면서 사라져버린 사람의 자리를 만들어놓는다. 그를 기억하기 위해서. 그가 떠난 이를 잊지 않는 이상 그의 슬픔도 사라질 리 없을 것이다.

154

상실함으로써 어른이 된 그는 일상인의 자리를 찾아간다. 그에게는 서류가방을 들고 규칙적으로 출퇴근하는 사무원의 이미지가 어른의 이미지에 가장 가까운 모양이다. 그런 어른이 되기 위해 이력서를 쓰고 취직을 준비하지만 그는 아이의 속성을 버리지 못하고 유쾌하고 가볍게 부랑의 위기를 짐짓 넘겨버린다(「여, 자로 끝나는 시」). 그는 볕이 잘 드는 큰 집보다는 약간 어두운 작은 집에, 드라이브보다는 산책에, 취직보다는 사직/실직에 가까이 있다.

"슬픔이 서류첩 사이사이 켜켜이 쌓여가는데 회사 인간들은 야근을 마치고 룰루랄라 노래방으로 향하네 당신의 십팔번이 나의 십팔번일 때 한없이 흐려지는 존재감 내가 제출한 사직서에 숨은 뜻은 없어 단지 그 의지를 곱씹어 부드러운 섬유질의 슬픔을 맛보시라고"(「그녀와의 마지막 테니스」). 월급과 수당이 타인들의 통장에 쌓여갈 때 슬픔이 (그의) 서류첩 사이에 쌓인다. 그는 "회사 인간들"이라는 호명으로 제도와 일상에 충실한 사무원들에게 다소간의 적대감을 드러낸다. 규칙적인 노동의 틈바구니에 차곡차곡 쌓인 슬픔의 에너지는 공적 문서인 서류에 스며든다. 그는 슬픔의 힘으로, 슬픔의 이해를 위해 사직한다.

슬픔은 퇴직한 그가 가진 유일한 자산이다. 다른 사람에게 보여줄 수도 없고 만지게 해줄 수도 없지만 느끼는 나에게는 무척이나 치명적이고 압도적인 것. 그는 자신이 슬픔의 자산가가 되리라는 것을 꽤 일찍부터 예감했는지도 모른다(「어느 날 은행에 갔었네」). 자본은 동산(動産)이다. 동산을 위탁하는 은행의 건물 자체는 움직이지 않는다. 유동적인 자산을 부동의 공간에 예치함으로써 우리는 불안정을 애써 다스린다. 이 안정감이 사실은 불안감을 내포하고 있다 하더라도. 통장 안에 돈도, 꿈도 얌전하게 갇혀 길들여질 것만 같다. 그는 애인과 함께 통장을 만들며 사랑을 언어적으로 저축한다. 그는 "사랑"을 반복해서 중얼대고, 그렇게 사랑의 화폐를 마음속에 쌓는다. 은행의 유리문이 펄럭인다 해도 은행이 날아갈 수는 없듯이 변덕스러운 연인도 통장의 기억에 깃을 묻고 날아가지 않을 것이라 그는 믿었을 것이다.

이렇게 함께 어른이 되면서 그들에게도 상실의 가능성이 찾아온다. 그에게 있어 어른이 되는 것은 늘 상실이었기에, 미래를 전망하며 시간을 축적하고 일상을 전망하며 자본을 축적하는 성인의 행위는 또 다른 상실로 다가올 수밖에 없다. 정주민의 의식을 가질 수 없는 그에게는 불안한 변화의 표상인 새야말로 미래의 표상이다. 자본도 사랑도 축적하지 못하는 유목민은 파산한 채 날아가는 새처럼 많은 것을 잃을 것이다. 불안 속에서 슬픔을 저축하는 삶, 이것이야말로 자본주의의 유령에게 우리가 제시할 수 있는 미학적 불온분자의 삶일 것이다. 이 시인은 가장 개인적인 감정을 사회적인 언어로 써내려가면서 사회 공동체에 흡수되지도 않으며 공동체를 억압하는 유령─이데올

로기에 복무하지도 않는 중간계적 몽상을 실천하고 있다.

훗날, 깃털을 잃고 이상을 잃고 지상에 내려앉은 새가 되어 셀 수 없이 많은 돈을 갖게 된다면 그는 일상인의 행복을 누리게 될 것이다. "어느 날 우리는 많은 돈을 갖겠네"라는 미래의 예언은 그에게 현재형이 될 수 있을까?

분명한 것은 그가 존재하는 일보다는 사라지는 일에 골몰하고 있다는 점이다. 빈약한 자신을 조롱할지 모르는 세계 앞에서 그는 기꺼이 구름이나 안개처럼 희미하고 불명료한 상태로 변신한다. 그의 비루한 광대놀이에 전적으로 동조해주고 그의 후원자가 되어줄 만한 관객은 없다. 그는 모멸감과 수치를 양식으로 삼아 곡예를 부린다. 이 "고독한 아크로바트"는 "즐거움과 슬픔만이 나의 도덕/사랑과 고백은 절대 금물"(「구름과 안개의 곡예사」)이라는 서커스의 강령을 선언한다. 완전한 개인인 그가 유일하게 신뢰할 수 있는 것은 자신의 감정뿐이다. 그는 고독 속에서 자신의 감정을 넘치도록 갖는다. 그로 하여금 정주의 필요성을 각성하게 하는 타인의 존재는 거추장스럽다. 곡예사는 고독의 서커스를 미적으로 완성하기 위해 타인의 존재를 잊으려 한다. 금지는 필연적으로 욕망을 불러일으키는 법. 가난한 곡예사는 "절대 금물"이라고 외친 가치들에 이끌리는 자신을 발견하게 될 것이다.

나만의 사랑을 경배하나이다

사회적인 이야기를 시작해야겠다.

그는 사랑을 했고, 사랑을 하고 있으며, 또 사랑을 할 것이다. 사랑은 지극히 평범한 개인을 신적 수준으로 고양시킬 수 있는 특별한 행위이다. 관계 안에 머무르고 있는 사람들은 서로가 서로의 신이 되기를 주저하지 않는다. 그들은 자신들의 관계가 영원하고 무한할 것임을 열렬하게 믿는다. 그러나 안타깝게도, 자신들이 속한 관계 밖으로 나와서 보면 그토록 특별하고 고귀한 관계도 보편적인 인간사의 한 부분에 지나지 않는다는 것을 알게 된다. 사람들이 우연히 만나고 또 헤어지는 회자정리의 법칙은 '우리만의' 숭고한 사랑에도 똑같이 적용되는 것이다. 관계의 특수한 개별성에 열광하던 이들은 시간의 귀퉁이가 닳아가면서 광기와 열정을 잃는다. 이어서 관계를 구성하는 유형과 법칙의 보편적인 질서에 고개를 끄덕이게 된다. 명민한 그는 관계의 구조를 이미 파악하고 있다. 그는 스스로 예언한다. "나는 사람들 앞에서 자주 운다, 처음에는 한두 명이더니, 이제는 열 명, 스무 명 앞에서도 잘 운다, 최고 기록 백 명이 목표다, 그중에 한 여자가 나를 꼭 안아주리라, 나는 그녀와 사랑하고, 섹스하고, 결혼하고, 이혼하리라"(「떠다니는 말」).

그는 사랑의 특수성보다는 보편성에 늘 의지했던 것일까? 어쩌면 그는 절대적인 것으로 믿었던 사랑이 불발에 그치면서 사랑의 허무주의자가 된 것인지 모르겠다. 그가 나에게 건넨 시집의 가운데쯤을 편다. 소년은 자신과 가까웠던 여자들로부터 멀어지면서 남자가 된다. 견딜 수 없는 열락으로 그의 몸 전부는 눈물을 흘리지만 그가 눈물을 흘렸다는 사실은 은폐되어야 한다. 그의 몸은 늘 "눈물의 역사"(얀 파브르) 안에 있었는데도. 그는 과거의 소년이었던 자신으로 돌아가 자신만의 비밀스러운 우상이었던 그녀를 부른다(「이곳을 지날 때마다」). 흡사 데미안의 어머니에게 매혹된 싱클레어처럼. 그녀는 그로 하여금 자신 안의 정열에 눈뜨게 했다는 점에서 그를 살렸고 그 정열로 그를 태워버렸다는 점에서 그를 죽였다. 그녀는 약이 지닌 치명적인 독성을 품고 있다. 그는 여전히 숨겨두었던 욕망을 발설하기를 망설이고 있다. 그래서 그의 언어는 쉼표를 경계로 뚝뚝 끊긴다. 어린 날의 기억 앞에서 그는 달변가이기를 포기한 채 눌변에 만족한다.

이 순진한 소년의 망설임은 어쩌면 가장된 것인지 모른다. 쉼표는 호흡을 전제하는 문장 기호이다. 그는 "이곳을 지날 때마다" 숨을 가쁘게 쉬어야 한다. 그가 무수히 내뱉은 쉼표는 여전히 달뜬 그의 육체가 토해내는 욕망의 헐떡거림이요 신음 소리다. 순진한 소년의 언어적 관능은 이중적인 쉼표와 더불어 율동적으로 구사된다. 그는 아마

도 그녀가 등장하는 꿈을 아주 많이 꾸었거나, 전혀 꾸지
못했을 것이다. 운명 때문인지 우연 때문인지 확정 지을
수는 없지만 어쨌든 소년의 열정은 마감되었다. 그 시절
을 약국의 유리문 뒤에 묻어놓고 짐짓 남자가 된 그는 새
로운 그녀를 만나기에 이른다. 영원히 절대적일 것만 같
았던 사랑은 끝나고 그는 애인, 아내, 전처 등의 이름을
가진, 하나이면서 여럿인 여인을 만나고 사랑에 빠진다.

그는 영원히 잃어버린 아버지를 기억하면서 아버지의
자리를 자신 안에 만들었던 것처럼 돌아오지 않을 여인들
을 기억하면서 그녀들의 의자를 자신 안에 마련해둔다. 여
인들에 관한 기억은 구체적인 면면으로 드러나, 어떤 독
자는 타인의 소중한 기억을 엿보는 미안함과 자신의 기억
을 반추하게 되는 반가움을 동시에 느낄 것이다. 그는 어
째서 기억의 사진을 낯선 타인들 앞에 내미는가? 개인의
기억과 감정은 어떻게 사회적인 의미를 획득하는가?

사랑은 기본적으로 사회적일 수밖에 없다. 사랑은 모든
조건에서 독립된 한 개인의 문제가 아니다. 개인 간의 소
통이 이루어지는 순간 그들은 신뢰의 계약에 기초한 공적
영역으로 발을 들여놓게 된다. 여기에서 나만의 의지와
나만의 욕망이 성립하는 것은 불가능하다. 아무리 내 자
신이 원하고 갈구하는 것이라 할지라도 나와 함께 관계를
이끌어가는 타인이 원하지 않는다면 나는 의지와 욕망을
통제하고 조정하는 수밖에 없다. 관계 속에서 우리는 나

와 타인의 의사를 현명하게 조율하는 방법을 배운다. 인정하고 싶지 않은 날것의 나를, 나의 수많은 모순을 냉정하게 인정하면서 우리는 진정한 의미의 성인이 된다. 감정의 관례(冠禮)를 치른다. 타인과의 유아기적인 동일시만을 반복하며 감정적인 샴쌍둥이로 남는 연애 관계는 두 사람의 생존을 동시에 위협하고 두 사람을 결국 질식하게 만들 것이다.

타인이 생각하는 나와 내가 생각하는 타인이 만나 껍데기들이 깨어지면서 우리는 성장이 아닌 성숙에 이른다. 그는 자신을 "꽤나 진지한 태도의 시인" "한국에서 온 좌파 급진주의자"로 오해하는 가까운 타인들의 시선에서 불편함을 느낀다(「엘리베이터 안에서의 도덕적이고 미적인 명상」). 그러나 막상 그 역시도 자신의 아내가 좌파 친구들과 어울리고 대선 때 민중 후보를 찍었다는 사실에서 가벼운 놀라움을 느낀다. 관계 안에서 우리는 각자 타인에게서 보고 싶은 것만을 보며 타인의 이미지를 제멋대로 길들여온 것이다. 타인을 규정하려는 욕망과 규정당하고 싶지 않다는 욕망이 서로 충돌을 빚는 순간순간마다 그의 안에서는 경고음 같은 충돌음이 "덜그럭"거리며 들려온다.

그러니 사랑은 평화가 아니다. 호의와 적의는 서로 등을 맞대고 있기에 타인을 위한 긍정적인 에너지는 언제든 그만큼의, 혹은 그 이상의 부정적인 에너지로 전환될 가능성이 충분하다. 타인을 신뢰하는 만큼 불신하는 자, 틱

없이 큰 사랑에 빠진 자는 늘 상대의 마음을 조준하고 있다. 순진한 연인은 그것을 모른 채 광기를 열정으로 품어준다. "착한 그대여/내가 그대 심장을 정확히 겨누어 쏜 총알을/잘 익은 밥알로 잘도 받아먹는 그대여"(「식후에 이별하다」). 인간은 늘 존재론적인 허기에 시달린다. 홀로 존재할 때 느꼈던 한기(寒氣)는 역설적이게도 관계에 들어서는 순간 더욱 시리게 느껴진다. 서로를 먹어치우지 않는 이상 완전한 '하나'의 개체가 될 수는 없다는 것을 자각하게 되기 때문이다. 사랑은 "먹다 만 흰죽이 밥이 되고 밥은 도로 쌀이 되어/하루하루가 풍년인데/일 년 내내 허기 가시지 않는/이상한 나라에 이상한 기근 같은 것이다"(「식후에 이별하다」).

결벽증적인 후기 자본주의 사회에서 비효율적이고 천하고 더러운 것은 마땅히 청결하게 관리되어야 한다. 사람들은 건강하지 못한 상태를 극도로 두려워한다. 현대가 낳은 병이라고 할 수 있는 "알레르기"는 더러움과 광기에 대한 불안이 만들어낸 일종의 환상통이라 할 수 있다. 청결의 시대는 "알레르기가 종교를 능가하는 시대"(「종교에 관하여」)이며 이 시대에 "스트레스는 디오니소스나 제우스 같은 스, 자 돌림 신의 반열에 올랐다"(「떠다니는 말」). 결벽증을 재생산하는 공간인 병원에 가서 얌전한 환자가 됨으로써 우리는 존재의 불안을 간단하게 떨쳐버릴 수 있다. 하지만 그는 사랑함으로써 잠재적인 범죄자로 남는다. 그는 날카롭고 생생한 기억을 "총알"로 인식하는 자이며 자신을 고통 속에 밀어 넣는 연인을 기억 속에서나마 쏘아버리는 냉정한 사수(射手)이다. 사랑으로 인한 고통과 질병을 치료하기보다는 도지게 만든다. 그는 사랑함으로써 병원과 감옥 등의 근대적 제도에서 떨어져 나와 소수자의 길을 걷는다.

개인의 안위와 행복이 종교적 신념을 대체한 시대에 그는 불행에 침윤되어 진정한 구원을 꿈꾼다. 그는 만신전 Pantheon의 사제라 할 정도로 여러 종교의 교리를 조금씩 흡수하여 고독과 탄식을 위한 종교를 꿈꾸고 있다. 그는 기독교적인 의미를 지닌 "구원"을 자주 외치고, 종말론적인 의식을 내비치기도 하며, 현생 이전의 생과 이후의 생을 인정한다는 점에서 불교적인 윤회관에 기대기도 한다. 어둠과 환상을 꿈꾸는 데에서는 중세적인 신비가의 면모마저 느껴진다. 시인이 구사하는 비유의 체계는 시인의 언어적 교리라 할 만하다. 그가 사용하는 비유를 살펴보아도 여러 기성 종교의 영향이 드러난다.

비단 유일신교가 아니라 하더라도 대부분의 종교는 그 나름의 절대성을 강조하게 마련이다. 허나 그는 한 종교의 교리에 구애받지 않는다. 그가 지닌 종교적 열정의 크기는 여일하다 하더라도. 그에게 종교란 궁극적으로 타인을 향한 절대적인 동경, 곧 사랑이고, 사랑은 반복된다. 신이 죽었다는 풍문이 끊임없이 들려오는 시대에 인간이 유일하게 타자를 향한 경외감을 느끼고 신성함을 체험할 수 있는 길은 사랑에 빠지는 것이 아닐까.

내 안에서 신에 필적할 만한 위치에까지 격상되었던 타인이 사라졌을 때 충격에서 회복될 수 있는 방법은 아마 하나일 것이다. 나를 저버린 신을 부정하고 새로운 신을 따르는 일. 그는 회심하고 또 회심한다. "니가 돌려보낸 편지봉투 속에 편지지처럼/잘게 찢긴 달빛들이 물결 위로 흐르고/밤하늘에 빼곡하게 뜬 별자리들/그 하나하나에 일일이 귀의하고 싶더라/너를 잊기 위해 나 그간 여러 번 개종하였다"(「종교에 관하여」).

변덕스러운 타인-신은 예정되지 않은 시각에 임하시고 역시 예정되지 않은 시각에 나를 벌하신다. 영원의 가능성은 신의 손에 달려 있다. 그는 이 구구절절하고 처량한 신세를 받아들인다. 그에게 있어 사랑은 학문적으로는 사회학이요, 예술적으로는 시(詩)요, 일상적으로는 신앙이기에.

　내가 원한 것은 단 하나의 완벽한 사랑이었네. 완벽한 인간과 완벽한 경구 따위는 식후의 농담 한마디면 쉽사리 완성되었네. 나와 같은 범부에게도 사랑의 계시가 어느 날 임하여 시(詩)를 살게 하고 폐허를 꿈꾸게 하네.

──「먼지 혹은 폐허」 부분

사랑이 없다면 인간 개개인은 있어도 없어도 상관없는 미물에 지나지 않을 것이다. 사랑의 화학작용과 더불어 개인은 적어도 다른 한 개인에게 유의미한 존재가 된다. 사랑이 임하지 않았을 때 '지식'이었던 것이 사랑이 임하고 나서는 삶이 된다. 사랑에 빠진 자들은 아름다움을 느끼고 꿈꾸면서 미적인 인간으로, 예술가로 변신한다. 사랑의 지속과 단절을 경험하면서 무한성과 유한성의 경계를 넘나드는 신비가로 변신한다. 이토록 놀라운 고양감이라니. 비록 사랑의 계약을 맺기 위해서는 심장에서 가까운 살덩이 한 파운드쯤을 대가로 치를 작정을 해야겠지만 그렇게 피 흘리며 수난을 겪은 당신은 타인에게서 온 사랑, 타인에게로 향하는 사랑으로 말미암아 더없이 신성한 존재가 되는 지고의 열락을 맛보게 될 것이다. 사랑이 끝나 살덩이를 베어낸 심장이 아물고 원래의 평범한 자리로 돌아가 당신이 "환속한 중의 이마가 빛을 잃어가듯이"(「평범해지는 손」) 사소해지는 순간이 오기 전까지, 한없는 고통과 슬픔을 맛보라.

이렇게 치명적인 사랑을 한번 경험한 자는 세상을 순진한 눈으로 바라볼 수 없게 된다. 그/녀의 눈앞은 검고 무거운 고민들로 한없이 어두워진다. 만물의 영고성쇠를 너무나 명확하게 꿰뚫어보게 된 당신. 그렇다 해도 당신 '만'의 사랑을 미리 불신하고 회의하고 낙담하지 마라. 세계의 보편성을 인정하기 위해서 당신의 특별한 관계를 헐

값에 처분할 필요는 없으니. 당신의 연인이 지구상에 거주하고 있는 60억의 인구 중에 그저 평범한 한 사람에 불과하더라도 당신이 여느 때처럼 그/녀의 절대적인 특수성을 신뢰한다면, 그/녀는 자신의 옷을 벗고 몸을 열어 당신이 이전에 경험하지 못했던 또 다른 미적 세계를 선사할지 모르니. "사랑을 잃은 자 다시 사랑을 꿈꾸고, 언어를 잃은 자 다시 언어를 꿈꿀 뿐"(「먼지 혹은 폐허」).

운명의 정지화면

과연 그런 아름다운 초월의 순간이 우리에게도 찾아올까?
불확실성의 검은 동공. 우리는 느슨하게 풀린 미지의 어둠 뒤편을 응시할 때마다 어디에서 오는지 알 수 없는 미적인 떨림으로 가볍게 몸을 떤다. 그러나 불확실성을 말하기는 쉽지만 살기란 지독히도 어려운 법. 어디에서 닥쳐올지 모르는 모든 확률적인 가능성에 대비해 가능한 한 이성적으로 대안을 준비하는 편집증적 기질을 발휘한다고 해서 미래가 금세 순한 짐승처럼 내게 기어들어오는 것은 아니다. 누구보다 가장 민감하게 불안을 감지하는 자가 불안을 무릅쓰고 살기 위해서는 선한 운명의 힘을 믿어야 한다. 아픔에 침윤된 그는 필연적으로 운명론자가 된다. 즐거움이든 슬픔이든 모든 것이 이미 결정된 상태로 진행될 뿐이라고 믿으면서 그는 담담해진다. 내가 겪는 이 삶이 나의 의지를 넘어선 것에 의해 좌우되고 있다면 설사 이 삶이 지난하고 악한 것으로 판명된다 하더라도 그것은 나의 잘못이 아니다. 대부분의 종교가 운명론적 교리에 귀착될 수밖에 없는 것도 결국 인간을 위안하기 위해서다.

사회 시스템은 점차 복잡해지고 정교해지는데 인간이 호소할 수 있는 정보와 지식은 양적으로는 방대할지 몰라도 질적으로는 온통 오리무중의 상태일 뿐이다. 좀더 확실하고 안정된 삶을 살기 위해서 매 순간 인간이 내려야 하는 판단은 갈수록 녹록지 않다. 어떤 시대보다도 정보가 넘쳐나는 현대에 인간들은 더욱더 불안해진다.

이성에 의지해 진리의 '확실성'을 증명하는 데 주력했던 (자연) 과학자들조차 20세기 이후로는 진리의 '불확실성'에 근거한 이론을 설계해왔다. 물리학, 화학, 생물학 등의 학제가 최근 들어 생물물리학 biophysics, 물리생물학 physical biology, 생화학 biochemistry, 화학생물학 chemical biology 등 다양한 방식으로 조합되고 나아가 전혀 다른 성격을 띤 학문 분야와 통섭 consilience하고 있다는 사실은 자연과학이 '객관적으로' 탐문해온 진리가 사실은 다양한 가능태 중의 하나라는 것을 방증한다. 하물며 과학적 진리가 이토록 불확실한데, 문학적/예술적 진리야 어떻겠는가? 진리의 절대적 권위가 무너진 시대에 우리는 무엇으로 지팡이를 삼아야 하는가? 우리는 꿈을 꾸며, 하늘을 읽으며, 세계와 직관적으로 소통했던 근대 이전의 인간들에게서 지혜를 빌리는 중이다.

심리학의 이름을 빌린 많은 통계와 조사의 면면을 들여다보면 그중에는 확률의 과학인 통계학의 힘에 의지한 운명론이 발견되는 경우가 있다. 아니, 애초에 운명론적인 사유는 주위의 표본을 수집해 직관적으로 통계적 모델을 설계하는 것이 아니던가. 사주, 관상, 손금에 익숙한 자에게 서양식 별자리, MBTI(「먼지 혹은 폐허」) 등의 통계적 운명론은 그다지 낯선 것이 아니다. 운명론자인 그의 첫 시집의 첫 시에 "심지어 그 독하다는 전갈자리 여자조차"(「슬픔의 진화」) 같은 구절이 들어 있는 것은 이상한 일이 아니다.

그는 폐허가 된 유적으로만 존재가 방증되는 고대인들의 후예이다. 그는 해와 달이 지고 뜨는 일에 관심이 많다. 그는 천체의 움직임을 관찰하며 시간의 주기를 읽고 하늘〔天〕의 무늬〔文〕를 읽는다. 그는 시간을 크게 두 가지 방식으로 구분한다. 한 가지는 천체의 운행 주기로 시간을 구분하는 천문학적 방식이며 다른 한 가지는 찰나와 영원으로 시간을 구분하는 종교적 방식이다. 그의 천문학과 종교는『슬픔이 없는 십오 초』를 직조하는 양력과 음력이라 할 만하다.

그가 지닌 과학자로서의 기질과 몽상가로서의 기질은

묘하게 융합되는 면이 있다. 그는 해와 달에 인격적인 면
모를 부여하여 이 천체들을 신화적 상징에 가깝게 만든다.
해와 달은 신화적 영웅이 자신의 세계에 초자연성을 부여
하기 위해서라도 다스려야만 하는 대상들이다. 여기에서
심보선의 현대적 신화가 창조된다. 해와 달은 이 초라한
영웅을 억누르는 천상의 압제자들이 아니다. 시인이 느낄
법한 치욕과 절망은 고스란히 해에 투사된다(「슬픔이 없
는 십오 초」). 슬픔으로 창백하게 질린 시인의 얼굴은 곧
암흑 속에서 간신히 빛나는 달의 표면으로 비유된다(「확
률적인, 너무나 확률적인」). 시간을 움직이는 천체들은 이
처럼 사소한 인간적 감정에 함께 물들어, 천상의 군주로
서 누려야 할 어떤 권위도 누리지 못한다. 인간의 시간을
구획하는 천체들이 이렇게 사소하고 유약하기에 그들이
낳는 자식들——과거와 현재와 미래——은 불모의 생명력만
을 간신히 하사받는다.

　즐거움과 기쁨과 안정만을 아는 낙관론자가 되려면 미
래를 현재보다는 나은 시간으로 가정해야 한다. 안타깝게
도 표면적으로는 진화론자처럼 보이는 이 과학적 몽상가
는 사실 시간의 문제에 있어서 지독한 허무주의자이다. 미
래는 텅 빈 "구멍"(「오늘 나는」)이고 불쑥 나타나는 불쾌
한 "원숭이"(「어찌할 수 없는 소문」)이며 "오늘의 치명적
오역"(「최후의 후식」) 등등이다. 오지 않은 시간을 향해
열린 전망 따위는 없다. 실패의 갱단만이 그의 어두운 마

음에 무리를 지어 돌아다닌다. 그의 시에 빈번하게 등장하는 그림자는 그의 어두운 시선을 투과한 현실의 입상(立像)이다.

하늘에 그려진 좌절의 흔적은 찰나와 영원에 관한 종교적 사유에도 영향력을 발휘한다. 그는 자신의 감정과 자신의 사랑과 자신의 언어와 자신의 앎이 영원할 것이라고 쉽게 단언하지 못한다. 그의 정체성을 이루고 있는 요소들이 언제 분해되어 사라질지 알 수 없기 때문이다. 그래서 그는 그토록 영원불멸한 세계를 꿈꾸면서도 자신이 현재에 느끼는 찰나의 감각만을 '영원'한 것이라고 믿을 수밖에 없다. 그는 기억 없이 현재만을 살기에, 시간의 멜로디에 자신을 음표로 끼워 넣기 위해서는 계속해서 기억을 반복 재생해야 한다. 찰나의 기억으로 가득 차 있는 그의 시집은 그가 그 자신으로서 존재하기 위해서 가까스로 긁어모아 내뱉은 그의 핏자국이다. 타인에게 감각적으로 몰두하기 위해 벗어놓은 바지가 만든 구김과 주름만이 그가 확신할 수 있는 구체적인 정황 증거이다. 나의 욕망과 타인의 욕망이 우연히, 무작위적으로 만나 만들어낸 기적 같은 부딪침. 사랑의 확률과 이별의 확률은 관계의 초반에서부터 무사공평하게 동일하다. 모든 것은 전체가 아니라면 전무.

그대는 말한다, 당신은 첫 페이지부터 파본인 가여운 책

한 권 같군요, 나는 수치심에 젖어 눈을 감는다, 그리고 묻는다, 여기 모든 것에 대한 거짓말과 아무것도 아닌 것에 대한 진실이 있다, 둘 중 어느 것이 덜 슬프겠는가, 어느 것이 먼 훗날 불멸의 침대 위에 놓이겠는가, 확률은 반반이다, 확률이란 비극의 신분을 감춘 숫자들로 이루어진 어두운 계산법이 아닌가

———「확률적인, 너무나 확률적인」 부분

그는 불완전한 책인 자기 자신을 걸고 묻는다. 그가 묻는 이 물음이야말로 언어의 밑자리로 돌아가서 묻는 시적 물음일 것이다. "모든 것에 대한 거짓말"과 "아무것도 아닌 것에 대한 진실" 중 어떤 것이 문학적인 언어의 운명이겠는가? 이 물음에서도 답은 전체 아니면 전무. 그에게 있어 찰나가 영원이 되고 영원이 찰나가 되듯이 두 가지 선택지는 서로 호환 가능한 것일지 모른다. 두 가지의 정체가 모호하기에 어떤 것이 유한하고 어떤 것이 무한한지 판단을 내릴 수 없다. 찰나와 영원, 유한성과 무한성, 거짓과 진실은 그의 물음 앞에서 모호해진다. 어떤 답을 선택하고 어떤 확률에 자신을 건다 해도 게임의 승자로 영원히 남을 수는 없는 일이다. 우리가 이미 예상했듯이, 실패의 확률은 언제나 그렇듯 승리의 확률보다 힘이 세서, 그는 내장된 운명의 프로그램대로 이상의 부재와 연인의 부재를 자연스럽게 받아들인다. 슬픔은 그가 연인에게 지녔

던 관심interest만큼의 이자interest로 돌아와 그를 다시 채운다. 우리는 슬픔의 경제학 원론을 필연적으로 다시 만난다. "순서대로라면, 흐느껴 울 차례이리라"(「확률적인, 너무나 확률적인」).

순서대로라면, 고독한 생을 즐길 차례이리라. 그가 '마음의 페이지를 구길 만큼' 복잡하게 얽혀버린 길 앞에서 다시 신발끈을 매고 "심하게 게으른 나라의 국가대표 산책팀"(「여, 자로 끝나는 시」)으로 나서려면 슬픔이 완벽하게 사라진 순간이 잠시만이라도 찾아와야 한다. 그가 순간적으로 택한 길이 설사 소멸의 방향으로 뻗은 길이라 하더라도. 밝음보다는 어둠을, 낮보다는 밤을 사랑하는 이 몽상가에게, 소년이 생의 상처를 알기 이전에 꿈꾸었을 법한 씩씩한 운명이 찾아오길 빈다. 깨고 나면 잊어버릴 행복한 꿈을 꾸며 낯설고 기이한 말뭉치를 중얼거리는 소년의 운명이, 100퍼센트의 확률로 찾아오기를. 그가 행복한 잠에 빠지도록 양을 세어주겠다. 소년병이 운명의 전쟁터로 다시 나가기 전까지.

나는 씨익,
웃을 운명을 타고났기에 씨익,
한번 웃으면
사나운 과거도 양처럼 순해지곤 합니다

172

〔……〕

언어의 형식은 평화로워

그 어떤 끔찍한 고백도 행복한 꿈을 빚어냅니다

어젯밤엔 어떤 꿈을 꾸었는지

기억나지 않습니다만

행복한 꿈이었다 굳게 믿습니다　　　──「편지」 부분

나와 그의 관계에 관한 사적인 보고서

사회적인, 너무도 사회적인 이야기를 시작해야겠다.

한때 그가 지나쳤을지도 모르는 도시에서 처음으로 꿈을 꾸던 밤이었다. 낮에 다녀온 미술관에서 나는 그림을 다시 구경하고 있었다. 평면과 평면이 만나 생기는 명상의 깊이에 빠져들려는 찰나, 미술관에선 온통 총격전이 벌어졌다. 나는 누군가를 구하기 위해 한 갤러리에서 다른 갤러리로, 숨이 턱에 찰 때까지 뛰어다녔다. (현실의 나는 달리기를 몹시도 싫어한다.) 곧 총소리는 잦아들었고…… 당신, 온몸에 피 칠을 한 소년, 당신을, 나는 내 품에 안았다.

나는 당신에게 사회적인 이야기를 하고 있다. 이것은 순전히 나만의 꿈이다. ▨